U0030244

讀者喻為「文字最有偶像劇氣氛」・部落格百萬網友迫切催文

純愛小說教主 **晴菜**

這個世界上，沒有人像他這麼懂她，也沒有誰和他一樣如此需要她，
可是為什麼一句「我愛你」，似乎總少了一分勇氣？

〔推薦序〕溫柔的力量

讀晴菜的小說，就像在讀一部有畫面的故事，溫婉的文字、牽動人心的劇情，每每閱讀時，心頭總像有道暖流輕輕滑過。即使闔上書本，總有幾幕故事裡的情節就像定格畫面一般，長駐心頭，宛如一道溫柔的印記，深深地、深深地烙在心頭了。

跟晴菜認識的時間，不是一年或兩年，大約有十年了吧！（或者更久？）我跟她是在多年前的簽書活動會場上認識的，晴菜跟我是完全不同典型的人，我們的嗜好甚至完全沒有重疊的部分（當然，除了喜歡說故事這一點），晴菜偏愛日劇、喜歡安達充的漫畫、對某些事有追根究柢的研究精神、性格裡有追求近乎完美的細胞……她擁有我身上幾乎完全沒有的因子，不過很意外的是，我跟她聊天卻非常契合，簡直什麼都能聊，印象裡好像從來沒有發生過詞窮的窘境。

記得大約兩三年前，我曾經跟晴菜討論過要一起合作寫小說，內容是以一個故事為中心點，兩個人分別用故事裡男女主角的角度去寫那個故事，因為看事情的觀點不一樣，書寫的手法會有明顯不同。不過畢竟這是個大工程，要討論跟研究的範圍太廣，而我跟晴菜又分別居住在不同的城市，平日要忙工作上的事，假日又不想打擾彼此，所以提案最後便不了了之，胎死腹中了。

這回晴菜在寫《我們，別做朋友了》時，有天突然心血來潮邀我幫她的故事跨刀，於是，在我們兩個人一番商榷之後，便派了一個名叫「李孟奕」的傢伙去當臥底，埋伏在禹承身旁，當起禹承的戀愛軍師，負責拯救禹承幼稚的戀愛行徑。於是，只要有李孟奕這個角色出場的環節，晴菜便會將稿子寄給我，由我親手潤飾他的言行舉止。（偷偷洩漏一下，李孟奕將出現在我下一部作品裡，屆時，禹承也會出現在我的新小說裡喔！大家有沒有很期待看到晴菜跨刀書寫啊？）

我很喜歡這樣跟晴菜合作的方式，那是一種新的嘗試。寫小說是件寂寞的事，但我很幸運，有志同道合的夥伴，所以再寂寞孤單，似乎也變得微不足道了。

我和喜歡晴菜小說的讀者們一樣，也會追晴菜的文字，總覺得她的故事有穩定人心的力量，看著時，可以感覺淡淡的幸福，雖然晴菜老是抱怨她怎麼都沒辦法把她筆下的男主角化身成暖男系代表，但她不知道，其實她的故事，本身就具有溫暖的力量，是會讓人看著看著，整顆心就變得柔軟起來……你們，是不是也有這樣的感覺？

Sunry 於初秋府城

第一章　呵呵呵溫柔笑著

孫洛英住的小鎮，第一次進駐了比一般診所還要大的醫院，結合小兒科、婦產科和復健科，堂而皇之座落在純樸街道，巨大厚實的建築物散發著格格不入的違和感。那陣子大家都在談論關於這間醫院的二三事，院長一家是台北來的，獨生子胡禹承才小學五年級，準備就讀這裡的學校。

轉學當天，在孫洛英眼中他是一個傲傲的、溫室花朵型的貴氣男孩，長相白白淨淨，周遭女生有幾個開始以「王子」來形容他，然而和大家熟稔起來之後，本性也露出來了，頑皮、任性、自私，簡直就跟普通的臭男生無異。

「嘿！什麼顏色？」

一陣風從身邊掠過，洛英的裙子被往上掀高五公分，差一點就曝光。

她停住腳步，看著眼前頗為遺憾的兩個男生。動手的是禹承，原以為會被同伴虧說技術太爛，誰知那個男生一看清楚受害者是誰，反倒怪起禹承，「你怎麼找上孫洛英啦！」

「要看嗎？」洛英倒是老神在在，在走廊上主動撩高裙襬，把兩個男生嚇得六神無主，她卻哈哈大笑，「白——痴！運動褲啦！」

禹承只知道這個孫洛英是跟野猴子沒兩樣的女生，沒想到還這般大膽，不禁對那件土里土氣的深藍色運動褲發起脾氣，「妳才白痴啦！哪有人把運動褲穿在裡面！」

「這樣才可以玩吊單槓啊！」她雙手扠腰，「好，現在輪到你們讓我看了。」

輪到？禹承一時聽不懂，但身旁同伴似乎有過類似經歷，當場逃走！

「就是輪到你讓我看裡面的褲子！」

語未歇，洛英已經興致勃勃地衝上前，同時伸出魔爪！

「喂！妳幹麼？幹麼啦？妳敢脫試試看！」

禹承邊跑邊威嚇，其實心裡害怕得要命，因為洛英追得很認真，表情很認真，出手的動作也相當認真！

「嗚哇！」

一個不小心，洛英自己絆到腳，整個人往前撲跌！這一摔摔得重，她痛苦地爬坐起來，先看見自己手上抓著一件制服褲子，往上移，再來是光溜溜的小腿，然後是白嫩嫩的大腿，最後定格在純白的內褲上。

閃電麥坤。

「是麥坤耶……」

白色內褲上那輛紅色卡通跑車讓她詫異地喃喃自語，等到意識到自己幹了什麼好事，才匆匆抬頭，立刻撞見禹承惱羞成怒的臉，比猴子屁股要紅透一百倍。

「啊！順手就拉下來了。」周圍同學的喧譁實在太吵了，洛英趁他忙著拉褲子的時候，教訓起看熱鬧的人，「喂！閃啦！有什麼好看的？再看就換你們喔！」

誰知禹承「哇」地一聲哭出來，羞憤跑走，留下目瞪口呆的洛英。當天放學後，洛英的媽媽就被請到校長室去。

打從接到學校電話起，洛英媽就是一派熟門熟路，順暢無阻地直直走到校長室。禹承的媽媽也來了，看上去是一位開明的家長，說小孩子玩在一起，意外難免。禹承才不罷休，始終恨恨瞪著洛英。

洛英的媽媽壓著她的背，催促她，「洛英，好好道歉啊！」

「我才不要！是他先掀我裙子的耶！」

本來對禹承還抱有那麼一點點內咎的，現在見他一臉強勢的受害者嘴臉，洛英也不禁火大了。

「掀妳裙子又怎麼樣？又沒有看到！妳還看到我的內……內……」

他說著說著又臉紅，索性傲驕地撇過頭去。禹承的媽說沒關係，洛英的媽卻堅持要洛英道歉。

「洛英，再怎麼樣也不可以動手，而且你又在大庭廣眾之下傷了人家的自尊心，難道不該好好道歉嗎？」

「不要！萬一我今天沒穿運動褲，那不就被他看到了？一人一次，我們兩個算扯平。」

「洛英！」洛英的媽先嚴厲斥喝，接著在她耳畔低聲威脅，「人家沒有原諒妳的話，罰妳以後都不准看棒球節目。」

「咦？」

沒想到老媽祭出她最愛的棒球，洛英只好心不甘情不願嘟著嘴走到禹承面前。兩個冤家互瞪一會兒，她才隨隨便便丟出一句話，「對不起啦！」

「哼！」

他鼻子翹得更高，洛英拳頭也握得愈緊。

「我說，對、不、起。」

「哼！」

「喂！」她靠近他，壓低音量，但是凶惡的表情卻更加猙獰，「閃電麥坤，你不要太過分喔！快說『沒關係』。」

「要我說也可以。」他露出賊兮兮的笑臉，「妳要答應我一個要求。」

「……不能看我的內褲。」

「誰要看啊！」他一下子大聲起來，引得兩個媽媽同時掉頭，這時禹承換成天真笑臉，「我們已經和好了。」

洛英斜眼瞅著那個偽君子，狐疑他究竟在打什麼鬼主意。

隔天，禹承在下課時間約了洛英出來說話。

洛英雙臂交叉，很不耐煩，「什麼要求？有屁快放。」

「妳這個女生真的很粗魯耶！」他真心為她嘆一口氣，正式提出要求，「早上的打掃工作，妳和我交換。」

「啊？幹麼要交換？」

「不用管啦！反正妳跟我交換就對了。」

洛英覺得他這個人還真古怪，硬是要跟她換工作，她原本可是掃廁所的呢！掃廁所是沒什麼，但有時遇到大號沒對準的狀況就很討厭了，這小子竟然要做這人人避之唯恐不及的工作？

不解歸不解，她還是開開心心接受他的提議。每天可以到校外紅磚道掃落葉，洛英高興極了，可以偷閒觀看人車往來，還可以用竹掃把跟人玩打仗，她每天都笑嘻嘻拎著裝滿落葉的竹簍走回校園。

有一次，途中遠遠發現同樣收工的禹承，他正在上樓，洛英站在底下，納悶的視線隨著往上移動。他看上去居然挺開心的樣子，和班上的林以軒有一句沒一句地搭話時，臉會微微變紅，跟上次脫掉他褲子的情況不太一樣，這一次的臉紅是內斂的，含著某種期待。

林以軒是班上數一數二的漂亮寶貝，頭髮長長的，公主頭的髮型是她的正字標記，品學兼優，經常在朝會時上台領獎，而且，她從不哈哈地大笑，而是呵呵呵溫柔笑著。

只是，洛英對於愛情萌芽得晚，有很多時候總是晚一步。晚一步發現他的目光追隨著別人身影，晚一步注意到時間已經悄悄改變了原以為不會改變的，晚一步意識到原來早在不知什麼時候開始，他已經住在她心底了。

當時，她當禹承是個大好人或大笨蛋，掃廁所還能掃得那麼自得其樂，不知不覺，對他印象沒有那麼差，願意主動和他打交道。

差不多就是從那個時候起，他們漸漸成為朋友。

「喂！今天再去你家探險吧！」

放學後，從後頭跑上來的洛英朝他背上拍了一下，他伸手撫撫背，那一掌的力道似乎是過重了。

「又去？不煩啊？」

「哪會！你家好好玩。」

洛英喜歡去禹承家的醫院，就是那間鎮上唯一的大醫院，他會帶她到處亂逛，甚至闖入那些限定工作人員才能進去的區域，洛英說他家像迷宮，而她最喜歡迷宮。

「那好吧！不過這個星期六我要去妳家露營，叫洛欽一起來。」

他佯裝勉為其難地提出條件，洛英則爽快答應，「哈哈！好啊！來吧！」

洛英家有後院，孫爸爸經常帶孩子們在後院搭帳篷睡一晚，戲稱是露營。禹承和洛英的弟弟洛欽混熟後，也加入露營行列。有時大人沒空作陪，三個小孩便自個兒窩在後院的帳篷裡，天南地北地聊，聊同學、聊卡通、聊玩具，聊呀聊的，不知是誰先帶頭睡著，不出多久，三個人全呼呼大睡了。

然後，一公分接著一公分地長大，一步又一步地離開小學校園。

穿上筆挺的國中制服後，洛英在那個時期急速長高，是班上第二高的女生，身材修長，依舊短髮，若不是穿著制服裙子，第一眼印象會誤以為她是個眉清目秀的男孩。

男生的成長速度就沒那麼快了，禹承是長高了一點，還是比洛英矮，幼稚程度也沒什麼長進，唯一與日俱增的，大概就是他和洛英的友情。

即使學校男女分班，至今，在醫院迷宮裡的冒險和後院的週末露營，依舊快樂地繼續進行著。

「喂！給妳。」

禹承三步併作兩步跟上快要進校門的洛英，熟練地遞出一本漫畫月刊。

「喔！我還以為你會忘記。」

洛英驚喜地收下，接著從書包拿出另一本漫畫月刊給他，算是交換。

兩本都是這個月最新的少年漫畫月刊，交換漫畫是他們新的例行活動。

不過，第三節下課，不小心掉出抽屜的漫畫不幸被經過座位的老師沒收，洛英也在下課時間站在走廊作為處罰。

她不在意，被罰站是家常便飯，比較在意的是這一節下課她不能去上廁所了，而她偏偏超想上廁所，真的超想的！

現在她只能低著頭，將注意力集中在自己白布鞋上的污點上，好使自己不去想關於廁所的事。

忽然，有另一雙布鞋加入她的視野，停住。

洛英抬起頭，禹承正一臉狐疑地咬著鋁箔包飲料的吸管。

「妳在幹麼？」

「罰站。」

「跟誰打架？」

「不是，看漫畫被老師抓到了。」

「咦？那漫畫……」

「被沒收，我會再還你一本啦！」

他們在人來人往的走廊互看半晌，禹承先聳肩，「算了，反正我也看完了。」

說完，洛英發現他的視線頻頻往教室裡瞄去，跟著回頭看，沒看見什麼特別的。

「你們班的陳語涵不在？」

「語涵？」她再回頭往教室搜尋一遍，隨口猜測，「去上廁所了吧！」

哎唷！又讓她想到廁所！

禹承的目光順勢轉向走廊另一端，陳語涵和同伴果然從那邊有說有笑地走來。

語涵是班上數一數二的美人胚，長長的直髮，會戴著粉紅色髮箍，學校的便服日一定穿裙裝或洋裝，講話嗲聲嗲氣，她從不哈哈地大笑，而是呵呵溫柔笑著。

咦？上面的形容詞是不是有點眼熟？

「你要找她嗎？我幫你叫。」

洛英作勢要喊出聲，禹承一個箭步上前摀住她的嘴，「不要啦！我又沒有說我要找她。」

兩人狀似親密的光景落在語涵眼底，她進教室前還對他們笑了笑，是自以為善解人意的那種。

「你很奇怪耶！」洛英平白無故被擋住，不太高興地撥開他的手。

比起小學時代的羞澀，現在的禹承大膽多了，雙眼還直勾勾尾隨進入教室的語涵，「欸！她有沒有男朋友？」

「誰？」

「喔！妳不要那麼狀況外好不好？當然是陳語涵。」

洛英再一次瞧瞧雙手掩嘴而笑的語涵，又若有所思打量他，一時半刻抓不到應該問什麼重點才對。

她有沒有男朋友干你什麼事？難不成你想幫她介紹？你跟她有熟到可以問男朋友這種私事的程度嗎？

最後，洛英煩躁起來，「拜託你現在不要問我這種五四三，分散我的注意力，我快忍不住了。」

「忍不住什麼？」

她難受地瞥向走廊另一端，「早上灌下去的水。」

禹承聽懂了，笑笑，「去啊！我幫妳把風。」

「把風？」

「嗯！老師來了的話，我掩護妳。」

洛英扭動一下雙腳，實在是連五秒鐘都憋不住了。她拍拍禹承肩膀，「謝啦！你真是太有義氣了。」

禹承目送洛英以跑百米的速度衝向廁所，為那好笑的背影又笑了一次。

轉回頭，語涵還笑得跟仙女一樣，他不由得看得出神，連老師已經上樓了也沒察覺。

至於還在廁所的洛英終於有如釋重負的快感，一面將制服拉好，想起媽媽早上才交代過，上完廁所要注意衣服有沒有皺巴巴的，裙襬有沒有翹起來，已經是國中生，女孩子要有女孩子樣。記得記得，她都記得，得以解放的愉快心情讓洛英難得乖乖照做，這時，突然聽見外頭有人冒失大喊，「孫洛英！妳蹲好了沒？該不會在大便吧？快出來啦！」

洛英當場化作石膏像，然後「啪滋」一聲，四分五裂。

結果，不僅老師知道洛英偷溜去廁所的事，那條走廊上的人也全知道了。

「你的義氣還真是超級沒誠意的……」放學後，洛英還槁木死灰。

「一時不察嘛！喏！給妳。」

他奉上一支路邊買的霜淇淋，洛英很好收買的，有甜食就可以不計前嫌。

兩人各拿一支霜淇淋，邊走邊吃，走了一陣子，禹承沒來由衝著她的臉發笑。

「妳的臉也在吃冰了啦！」

洛英下意識用手背朝臉上抹，問：「還有嗎？」

「有啊！妳根本沒擦到。」

她又隨便抹一次，再問。禹承拿她沒辦法，主動幫她擦掉右邊臉頰上的白漬。

臉頰剛剛微涼的地方，頓時紮紮實實變得暖燙。

洛英怔怔，淨是圓睜雙眼。禹承的同班同學騎著腳踏車為方才那一幕吹出一聲長哨，禹承罵句「神經」，掉頭面向她，她還在發呆。

「怎麼了？」

她望向他，自己也說不出怎麼回事，明明應該是再普通平常的事，有那麼一剎那卻變得特別起來。想半天，她只能針對眼前的身高差距表示意見，「胡禹承，你要多喝牛奶，多打籃球，早睡早起，這樣才能趕上我。」

「我有多喝牛奶，多打籃球，是妳這女生沒事長太高好嗎？」他很介意自己比女生矮這件事，所以更打腫臉充胖子，「而且，我和妳又沒有差多少。」

「差很多，來！站好。」

洛英硬是把他轉過去，自己和他背對背站立，沒拿霜淇淋的那隻手指向不遠的路面。

「你看你看，看影子最準了。」

夕陽在東邊的路面上拉出兩道長影，一高一矮，筆直而立。

禹承硬是耍賴，故意往上跳高，「我比妳高。」

「你作弊！」洛英跳得更高。

「妳幹麼跟著跳啊？」

「你先不跳，我就不跳。」

跳呀跳呀，不知是誰沒吃完的霜淇淋掉落在地，被追逐的腳步遺忘在後頭，然後在煦暖的夕照中分不清是冰或水，閃閃發亮。

當天晚上，洛英和弟弟洛欽看棒球比賽轉播，遇到廣告空檔，洛欽拿起遙控器亂轉台，轉到一齣偶像劇，正好演到男主角發現女主角嘴角沾著蛋糕上的奶油。

「等一下，等一下！」

洛英攔住要往下轉台的洛欽，聚精會神觀注劇情的發展。洛欽奇怪地瞥瞥她，「妳平常又不看這個。」

「囉嗦，看一下會死啊？」

她不理他，繼續看體貼的男主角伸手幫女主角拭去臉上的奶油，噁，好做作。不過，女主角緊抿著嘴，露出不知所措又害羞的神情，看起來還有點高興。

洛英懵懵懂懂，不自覺用手觸碰傍晚被禹承擦過的臉。她的手也暖暖的，卻怎麼也比不上日落時分那拂過臉頰上的暖度，深烙得好像這輩子都沒辦法忘記一樣。

「喂！可以了吧！應該開始比了。」

洛欽不等她同意，逕自轉回棒球比賽，看到一半，洛英的腳丫子伸到茶几上方，用腳趾頭夾起一張衛生紙，擤鼻涕。洛欽皺起鼻子，「欸！孫洛英，妳知不知道我同學都問我妳到底是我姊姊還是哥哥。」

「喔！又怎樣？」

她專注在球賽上，只分心一下將衛生紙揉成一團，射籃，紙團漂亮地在電視旁的垃圾桶進洞。

「妳再這樣下去，沒人會把妳當女生，至少吃東西淑女一點吧！」

「幹麼跟媽一樣囉哩叭嗦？」她對他投以不敢置信的眼光，又抄起一片芭樂塞進血盆大口，「再說，小口小口地吃，這片大芭樂我要啃到什麼時候才能啃完？」

「唉！我看妳這一生等不到男生幫妳擦臉上的奶油了。」

「不好意思喔！你姊今天剛好就有男生幫我擦臉。」

「哪個瞎眼的？」

她巴了他腦袋一掌，「胡禹承。」

「哈！哈！哈！禹承哥是把妳當哥兒們啦！」

洛欽又故意大笑三聲，立刻被洛英用芭樂使勁地堵住嘴。

嘖！姊弟差不到兩歲，這小子總是連名帶姓叫她，稱呼禹承卻還奉送個「哥」字，哪門子的差別待遇？

她視線回到棒球比賽，大口大口咬起脆硬的芭樂，當哥兒們有什麼不好？男生女生如果不當哥兒們，就會變得像剛剛的偶像劇一樣噁心巴拉……欸？等等。

洛英任由半片芭樂從嘴角掉下去，恍然大悟！禹承那傢伙沒頭沒腦問起陳語涵的事，該不會也想噁心巴拉地幫她擦掉臉上的奶油吧！

洛英開竅後，對於禹承諸多的問題和要求一律樂意回應，幫兄弟的忙，這才夠義氣嘛！而且而且，她超愛看禹承為了陳語涵變成笨蛋的模樣，一下子結結巴巴，突然又來個爆炸性臉紅，有時為了吊胃口，洛英還會故意不告訴他關於陳語涵的二三事。看見禹承氣急敗壞的蠢樣，哈哈，每次都得忍住不笑，快內傷了。

幫我探一探，陳語涵喜歡什麼顏色？

妳想辦法讓我們認識啦！

偶爾也邀陳語涵跟妳一起回家啊！妳難道沒有女生朋友嗎？

起初，洛英還抱著看好戲的心態兩肋插刀、在所不辭，可是興頭過了之後，沒耐心的她便開始抱怨。

「你要不要選個良辰吉日告白算了啊？我已經不想再蹚渾水了。」

「什麼渾水？我很認真的！」

不過，國中時期所謂的認真，禹承所做過最大的努力，就是拜託洛英將他的畢業紀念冊拿給陳語涵，請她在上面留下幾句話。

陳語涵似乎也不是第一次收到半生不熟的畢業紀念冊，寫多了，字句都略顯制式起來。

「妳現在要寫？帶回家慢慢寫吧！」

陳語涵停住筆，看看一旁湊上來的洛英，撒嬌一下，「哎唷！人家想現在趕快寫完，趕快還給他啊！」

她再次動手，洛英又有意見，「趕快寫完的意思不就是隨便寫嗎？要帶回去才能好好寫啊！」

陳語涵覺得有壓力，輕輕嘆一口氣，把紀念冊翻到封面看名字，再翻回來，「我跟胡禹承還不是很熟耶！他也都會拿給別班的人寫嗎？」

洛英轉一下眼珠子，回答，「沒有啊！別班的……只拿給妳寫。」

陳語涵聽完，不愧是老手，美麗地笑一笑，「這樣啊！」

畢業紀念冊終究是讓陳語涵帶回家去了，隔天再交給洛英。

「每次跟你說話都很開心，希望畢業之後還有機會再見。」

洛英讀著那簡單兩個句子，陳語涵笑得格外嬌羞，「看，跟別人的不一樣喔！」

的確不一樣，她多放了一份希望在畢業後，沒有立刻就發出好人卡。

向洛英好好打聽過胡禹承這個人的身家背景，陳語涵也拿自己的畢業紀念冊拜託洛英轉交給禹承。經過一整個晚上苦思，禹承誠惶誠恐地把紀念冊拿給洛英，「喂！幫我看看這樣寫好不好，好的話再幫我拿給陳語涵。」

「不知道為什麼，最近我很有自己是信鴿的錯覺。」

她碎碎唸完，不情不願地翻開紀念冊。

「我也很喜歡跟妳說話，也很喜歡見到妳，畢業後要是能再見面就好了。」

讀到這裡，洛英不禁回想禹承在自己紀念冊上的留話。

「畢業後，還是好朋友！」

呿！不論字數還是誠意，怎麼看就跟寫給陳語涵的差一大截。

「欸！到底怎麼樣？要不要改？」禹承很不放心。

「我說你啊，都寫出兩個『喜歡』了，幹麼不乾脆直接寫『我喜歡妳』呢？」

「笨蛋！哪能直接寫啊？」

在說與不說的猶豫之間，禹承那一度躍起的青澀怦動就這麼隨著沒有下文的畢業紀念冊銷聲匿跡，曾經有意無意被提起的「喜歡」也跟著時間船過水無痕了。

暑假他們玩得瘋，醫院探險和後院露營幾乎天天來，不過，洛英私底下聽媽媽說過，胡家對獨生子禹承的要求高，希望他能就讀那所學費貴得嚇死人的明星高中，將來要是可以考上醫學系最好，繼承家業是理所當然的事。

洛英沒怎麼聽禹承提過畢業後的打算，她認為既然對方不想說，也沒有必要追問，只是高中開始就不能和禹承同校，想想怪寂寞的。

偶爾，洛英會拿出畢業紀念冊，趴在床上，出神望著他留在上頭的字句，輕聲回應，「要繼續做好朋友喔！」

洛英就讀的是公立高中，離家有點遠，路程會經過一道長長的堤防，洛英喜歡那道堤防，而且升上高中的新鮮感，讓她也暫時忘掉見不到禹承的失落。

高中的洛英依舊一頭可愛短髮，身高拉長的速度倒是放慢下來，維持模特兒般的高䠷身形，大家都說幸虧她的五官沒遺傳到曾是棒球國手的爸爸，而是年輕時代就不乏追求者的媽媽。

「一年三班，三班……」

她循著高掛的門牌，一間一間教室找，終於找到自己的教室。正想走進去，不小心和另一個人撞在一起，兩人同時被卡在狹窄門口。

洛英準備道歉，抬頭一看，吃驚得合不攏嘴！

「胡禹承！」

對方是笑彎雙眼的禹承，他不像洛英那般驚訝，似乎老早就預料到會遇到她。

「嗨！」

「你怎麼會在這裡？」

「上學啊！」

「你來這間學校上學？有沒有搞錯？」

「這什麼反應？我看妳八成還不曉得我們同班吧！」

他用手指彈了她額頭，洛英無視那陣下手不輕的疼，整個呆掉。禹承往一旁看，外頭有兩三個想進教室的同學不得其門而入，見他們狀似親密，顯得有些尷尬。禹承早已見怪不怪，拖著洛英進教室去。

相隔國中三年他們都沒同班，沒想到升上高中後不僅在同一班，連座位都前後相鄰，洛英個子高，坐在禹承後頭。

趁班上開始進行自我介紹，洛英傳了紙條給禹承，質問他為什麼沒去念那所明星學校。

不多久，禹承便丟了紙條回來。

「沒有孫洛英的學校，太無聊了。」

她面對攤開的紙條上禹承那不太好看的字體，覺得好久以前那個拂過臉頰的炙熱溫度又回來了，輕輕包覆心臟，像繭，很安心。

她很高興，不單是為了能和禹承同校高興而已，是因為禹承想要和她在一起，在一起，像是把身邊的空位給填滿，不寂寞了。

洛英自紙條上抬起眼，定睛瞅著他後腦杓，髮梢依附在頸子上的姿態叫她心跳亂掉幾拍，洛英趕忙收回視線。

事後才知道，為了升學問題，禹承家差點鬧家庭革命，最後禹承做出承諾將來一定會考上醫學系，父母這才願意讓步。

「醫學系啊……」洛英仰躺在帳篷中，看著上頭有幾隻飛蛾剪影在塑膠布外啪啪啪地胡亂碰撞，「好像很難考，不過也好像很厲害。」

本來也安分躺著的洛欽興奮地翻身起來，說：「將來不就會像電視上演的那樣，拿手術刀，說什麼輸血幾ＣＣ，準備電擊之類的話？超酷的！」

「對對對，然後手術刀一劃下去，病人的血就會『噗滋——』噴到手術袍上面，好驚悚喔！」

瞧那姊弟倆好傻好天真地談起對醫生的刻板印象，禹承鬱卒長嘆，趴倒在睡袋上頭，「你們好幸災樂禍，都沒人問我想不想當醫生。」

洛英打住，追問：「你不想嗎？」

洛欽擠過來，跟著好奇，「為什麼？你爸媽不也是醫生？」

「所以說，我爸媽是醫生，為什麼我也非得要是醫生不可呢？」

「那你不想嗎？」

洛英的問題鬼打牆般繞回來，這次禹承猶豫地瞥瞥她，嘀咕，「還沒那個準備。」

「如果不當醫生，那你想當什麼？」

「……現在還沒想到，雖然還沒想到，不過也不想被別人擺佈。」

洛欽聳聳肩，不以為然，「被擺佈成醫生也不錯啊！再說，以後那間醫院就是你的，你會升格成院長耶！」

於是洛英和洛欽再度興致勃勃聊起關於醫院的戲劇和漫畫劇情，愈聊愈起勁，不知經過多久，洛欽先沒了聲響，洛英掉頭看，幫他把睡袋被子拉高一些。

禹承探頭瞧，「睡著了喔？」

「嗯！他最會話說著說著就睡著。晚上跟他聊天，簡直就是幫他唱催眠曲一樣。」她對禹承笑笑，撐高身體，朝只有一顆燈泡的簡易光源伸直手，「我關燈囉！」

「關吧！」

原本溢滿鵝黃燈光的帳篷暗下來，啪啪作響的飛蛾也離開了。洛英躺好之後，誰都沒說話，偏涼的空氣持續一陣子的靜謐，等到眼睛適應這片黑，洛英再次面向右邊的禹承，開口叫他。

「幹麼？」

「我在想，如果你真的完全還沒想到將來要做什麼的話，那暫時把醫生當作目標也不錯啊！」

他也面向她，懷疑起來，「該不會是我媽派妳來說服我的吧？」

「沒有，就算阿姨找過我，我也是站在你這邊的啊！」

「說的也是。」

「我的意思是，至少現在有目標讓你去努力，這樣有什麼不好？哪像我媽，完全沒聽她說過希望我將來做什麼，整天只要求我像女生就好，悲不悲慘？」

禹承噗嗤笑一下，忍住，「悲慘，好悲慘。」

洛英狠狠瞪他，後來見他悶了一整個晚上的心情終於好轉，也跟著笑了，「不管將來會做什麼，醫生也好，工地師傅也好，下班後回到家，想起今天辛苦一整天，終於可以好好休息，然後像現在這樣笑了，我覺得就很好啦！」

禹承望著她，慢慢會意，幾分的感動。所以他喜歡和洛英在一起，洛英單純又向陽的個性，不帶一絲壓力，相處起來好自在。

洛英打出一個大呵欠，重新躺好，在黑暗中安靜片刻，再次開口的聲音多了些慵懶，「好多蟲在叫，現在叫最大聲的是什麼？蟋蟀？」

「不知道，太多蟲同時叫了，再說，蟋蟀到底是什麼叫聲妳知道嗎？」

「知道啊！吱——吱吱，這樣，你再聽聽看，吱——吱吱。」

禹承十分認真地聽一會兒，卻還是分不清楚此起彼落的叫聲中哪一個是「吱——吱吱」的那一種。

「喂！妳要我啊？哪種昆蟲不是吱吱在叫？」

他轉向她，愣一下。洛英朝他側著身，睡著了。

「什麼啊……自己還不是話說著說著就睡著。」

禹承碎碎唸完，視線在她臉上多停留些時候，平常他不會這麼看她的，大概是因為洛英方才對他說了讓他有點舒服、有點……暖洋洋的話，所以他靜靜凝視她的睡臉，彷彿這輩子從沒這麼仔細看過她那樣。

洛英薄薄的劉海有幾綹覆在臉上，眼睛閉闔的關係，睫毛顯得又翹又長，彎著令人心動的弧度。

禹承半調皮地伸出手，悄悄捏起那擋住她眼睛的幾根髮絲，望了一望。

大家都曉得洛英挺漂亮的，就是男孩子氣了點。

「頭髮，為什麼就是不留長呢……」

下課鐘聲還沒敲完，坐前頭的禹承便興沖沖回頭，將一顆橘色籃球放在洛英桌上。她嚇一跳，停住抄寫筆記的手。

「走，打籃球。」

「籃球不是不見了嗎？」

「又買一個新的，走吧！」

「你家錢太多了是嗎？」

「到底打不打？」

「打！叫陳仕傑和林譽誠一起去吧！」

她帥氣地拿走球，朝上方試丟一下，卻被禹承從身旁用力攬住肩。

「明明就愛打球還嫌我家錢多。」

「那是兩回事好嗎？哈哈……喂！熱死了，不要壓過來。」

洛英想把他推開，不料被禹承趁機把球抄走，他得意洋洋跑出教室，「胡禹承成功攔截，現在要準備上籃了。」

「你想得美！到球場再比啦！」

洛英追上去，和禹承在走廊一前一後地跑，熟悉他們的同學總會自動閃開讓路，然後為他們那種介於異性與哥兒們的矛盾露出一點尷尬笑容。

兩人又追又叫囂地衝到樓梯口，禹承突然停住，害後面的洛英追撞上來，撞掉他原本拿在手上的籃球。

「好痛喔……」

洛英摀住撞疼的鼻子，看那顆橘球掉到地上，滾向樓梯，在階梯上彈呀彈呀，而禹承還站在原地動也不動。

「你在幹麼？」

她著急地追上去，那顆球已經不再往下跳了，而是被一雙漂亮的手輕輕捧住。

洛英站在樓梯第一階，由上往下看住那位正要走上來的女生，那女生是高二學姊，名叫趙友蓉，升旗的時候就會見到她，她是樂隊指揮，不認識她也難啊！

「是妳的球嗎？」趙友蓉來到洛英面前，親切地將球遞向她。

「謝謝。」

「不客氣。」

她淺淺彎一下嘴角，掠過洛英身邊繼續往教室方向走，哇……氣質好好喔！

等她走遠，洛英抱著球回頭看禹承，他的目光還牢牢聚在那個美麗倩影上。

「喂！要不要走啊？」

他捨不得移開視線，甚至露出痴迷神情，「只相差一歲，應該還好吧……」

「啊？」

洛英完全一頭霧水，對她而言，禹承這個人很好懂，畢竟都認識那麼多年了，只有過幾次，她會錯覺他們不在同一個星球……喔！對了！那幾次都是禹承喜歡上某個女孩子的時候。

洛英再次望向趙友蓉離去的方向，她早就消失在下課時間的人群中，不過對於那仙女翩然降臨的印象依舊清晰深刻。

趙友蓉擁有一頭旁分的飄逸長髮，完全不用任何髮飾，有時髮絲不小心垂到面前，就會像《我的野蠻女友》裡的全智賢那樣將它嫵媚地撥到一邊。沉穩的氣質不像高二女生，聽說會拉小提琴。重點是，她從不哈哈哈地大笑，而是呵呵呵溫柔笑著……呵呵呵……靠！她發誓那些形容詞真的似曾相識啦！

第二章　不是兄弟啊

「孫洛欽！你該不會想投四壞球保送吧？有沒有這麼孬啊？」

球場上戰況正激烈，兩好三壞，大家的目光卻紛紛聚向場外那名霸氣的女孩身上，就連原本擺好迎擊架勢的打者也直直看住她。洛英雙手緊抓鐵絲網，對眼前的弟弟大吼，「是男人的話就一決勝負！一次給他個痛快！聽到沒有！」

咻——碰！白球衝進手套的聲音相當紮實宏亮，三振，比賽結束。

洛欽就讀的國中就在洛英學校附近，他是棒球隊的主投，兩間學校的棒球隊經常進行友誼賽，有比賽的日子，洛英就會到場觀賽。

「拜託妳安安靜靜地看比賽好不好？很丟臉耶……」

回家路上要經過一段長長堤防，堤防一邊是馬路，另一邊則是廣闊草原，更遠一點看得見火車從草原這一頭穿越到那一頭。洛欽肩負裝有球具的背袋，顯得有氣無力。禹承聽完，拍拍他的肩，「別這麼說。想想站在洛英身邊的我，你就應該會好過一點了。」

洛欽笑了，「有有，真的好多了，哈哈！我有看到你那時候的表情，很後悔沒事先挖個洞鑽進去對吧？」

「你們兩個！」洛英往他們的後腦杓各拍下一掌，「現在重點是在我身上嗎？孫洛欽，你投球投得那麼娘娘腔，看得我一把火！」

「欸！投球也是需要動頭腦的，不懂得適時改變計策，對方很快就會摸透你的球路。」他操著老成口吻說教，「我們教練說，投球就像追女生，太容易被對方看出自己的意圖，兩三下就會沒戲唱。但是如果對女生欲擒故縱，要點小手段，反而會輕輕鬆鬆讓對方上勾。」

太難了。洛英揪著眉，冒出好多個問號。禹承卻非常感興趣，頻頻點頭，「原來如此，說的也是，這樣很有道理。」

說到一半，禹承暫停動作，望向堤防下成群結隊路過的學生。洛英和洛欽跟著看，她微微「啊」了一聲。

單憑那頭隨風飄逸的長髮，就能認出來其中一位騎著腳踏車的女學生是趙友蓉，她的車彷佛長了翅膀，在放學的人潮中輕飄飄穿梭。

等到她離開的身影變得如豆般大小，禹承突然轉向洛英，將雙手用力搭在她肩上，

「孫洛英，妳對音樂班有興趣嗎？」

「啊？」

「有吧？多少有一點吧？再怎麼說也是女孩子嘛！」

「什麼啦……」

禹承沒來由的激動興奮，洛英還當他吃錯什麼藥。

高中時代，禹承的變化開始明顯起來，他和洛英差不多高了，甚至比她更高一點。原本只要一提起暗戀的女生就會吞吞吐吐，現在則更加積極大方。而且，他本身就聰明機伶，洛欽的教練隨口一句訓話，禹承就可以漂亮地舉一反三。

他死纏爛打要洛英去找趙友蓉，然後……

「學、學姊，我對音樂很、很有興趣，所以想向妳請教音樂班的事……可以嗎？」

當洛英被趕鴨子上架來到高二音樂班教室，簡單一句話卻講得零零落落，唉！她實在不是說謊的料。

幸好趙友蓉頗有學姊風範，不僅熱心答應，還親切地約她下次見面的時間，說要拿音樂班的相關資料給她準備。

哇，人好好喔！又長得漂亮……

洛英看著看著都有點喜歡上趙友蓉了。然而她沒忘記禹承的叮嚀，緊接著說：「那個……我鄰居也想考音樂班，他是男生，會彈鋼琴，也可以一起來嗎？」

「呵！當然可以啊！」

於是，禹承和趙友蓉再自然不過的邂逅和日後順理成章的交集，就這麼水到渠成。

放學後，洛英對於自己的滿口謊言非常不滿。

「我們又不是鄰居，幹麼要講你是我鄰居？」

「講鄰居才顯得我們關係親密，如果只是普通同學關係，才不會有人願意幫忙音樂班的事呢！」

「我不就正在幫你了？就算不是鄰居，我還是願意幫你呀！」

她說得理直氣壯，禹承頓時被感動。他看了看她，真心地說：「謝啦！」

「不客氣。」被他認真道謝，洛英彆扭起來，她搔搔臉，又問：「話又說回來，你真的會彈鋼琴啊？」

「會啊！那不是每個小孩子的必修？」

「誰說的？我就不會。」

「唉！」他像往常那樣將她攬過來，語重心長，「所以說，妳要多做點女生做的事，彈鋼琴多好！臉又長得不差，如果會彈個垃圾車主題曲，別說不當妳是女孩子，說不定連我都會喜歡上妳。」

「垃圾車主題曲？是那個……〈愛麗絲的祈禱〉？」

「拜託！是〈少女的祈禱〉。改天妳來我家，我彈給妳聽。」

洛英稍微在腦海裡想像，不是想像自己優雅彈琴的畫面，而是禹承坐在黑色鋼琴前為她敲動琴鍵的帥氣姿態。

有那麼幾秒她感到莫名的窒息，偷偷瞄向耳畔邊禹承緊靠上來的頸子，使勁推開他。

「幹麼啦？」禹承險些跌倒。

她支吾著答不上話，慌亂的視線四處飄忽，終於找到可轉移注意力的東西。

「啊！下雨了。」

禹承跟著仰頭，不屑一顧，「毛毛雨啦！」

話才說完，天空立刻下起傾盆大雨，雨水就像倒下一般劇烈。

兩人沒轍地面對這一片白濛濛雨景，半天吭不出聲。

「你有沒有帶傘？」洛英先吐出重點問題。

「沒有，我只有帶外套。」他拎拎手上的運動外套。

「外套？這種天氣帶什麼外套？」

「那妳說，這種天氣帶什麼傘？早上還出大太陽耶！」

他們僵持一會兒，再次對這場大雨發呆。

洛英冷不防冒出一個即興念頭，「要不要跑？」

禹承看她一眼，曉得她在說什麼，「確定？」

她揚起嘴角，躍躍欲試，「確定。」

兩人只有四目交接那麼一下，便二話不說同時衝入雨中！這場雨真的下得又急又猛，打在身上都覺得痛，洛英和禹承卻像在遊樂園玩衝浪遊戲，又笑又叫地跑過一地積水，最後，在一間關門的早餐店騎樓停下來。

「呼！我不行了！眼睛連看都看不清楚。」

洛英一面喘氣，一面抹掉臉上水滴，禹承則拚命擰轉濕漉漉的上衣，無奈雨水還是不停從髮梢滴滴答答。

可是，見到對方狼狽不堪的模樣，他們同時哈哈大笑，笑自己的愚蠢，也笑那短暫時光中的瘋狂。

路上已經沒有跟他們一樣冒雨狂奔的行人了，鮮豔傘花一支一支在陰暗天色中綻放，雨勢並沒有轉小，路面積水漸漸漫延到騎樓邊緣。洛英稍稍踏出去一步，衡量步行距離，「你家比較近，不然先去你家躲雨好了。」

禹承看向她背影，觸見濕透的白色制服底下浮現淺淺的水藍色，愣了愣。

每當雨滴從髮絲落在制服上，那縷藍就更加鮮明。他懂得那若隱若現的線條代表什麼，只是從未真切意識到向來當作哥兒們的洛英……也是女孩子。

洛英回頭，見他不回應，走上前來，「到底怎麼樣？留在這裡？還是衝回你家？」

「這個……」禹承一時之間不知道視線該往哪擺，「回我家好了。」

總得找件乾衣服讓她換上才行。

「不過這個樣子回你家，阿姨會不會罵你？」

「呃……」天啊！正面一看，那片水藍色看得更清楚，他不禁後退一步，把臉別開，「不用擔心這個，換衣服比較重要。」

「啊？」

「哎呀！」他再也受不了，問也不問就直接把自己的運動外套往她身上披，「穿上！」

洛英既納悶又嫌惡地要拉開外套，「你幹麼啦？濕答答的，穿上有什麼用？」

「囉嗦！妳喔……妳真的……」她簡直遲鈍到一個無以復加的地步，把禹承逼到快抓狂，對她生氣起來，「妳到底是不是女生啊？這種事要自己注意啊！」

被他不明就裡發脾氣，洛英莫名其妙，望望身上那件吸滿雨水的外套，接著，總算注意到自己制服底下那變得明顯的內衣輪廓。

她紅了臉，默默把外套拉緊。

「走啦！」禹承牽住她的手，快速跑入雨中。

浸滿水的鞋襪交錯奔跑，踩過冰涼路面，啪答啪答濺起一路水花。他們的青春像雨，一陣又一陣灑下，感到突如其來，感到倉惶，想要平靜，又想沉溺下去。她努力睜開被打濕的雙眼，盯住和禹承牽握的手，手和手交纏的姿態，在腦海形成抹滅不了的畫面。

後來，他們全身濕淋淋來到禹承家，自然挨了一頓罵。禹承媽媽在兩個小時內將洛英的衣服洗淨烘乾，請她吃一頓茶點，還說要開車送她回家。

坐上胡家賓士車，車子慢慢駛離，洛英不由自主抬頭，透過布滿雨點的車窗望向二樓窗口，那是禹承房間，通常他如果懶得送客，就會在窗口道別，但是現在看不到他人影，洛英的視線卻還多留戀了一會兒，然後低下頭，安靜注視身上乾乾淨淨的衣裳，棉質衣料殘留著暖烘烘的溫度，她的思緒還停在那場滂沱大雨中，冰冷的、劇烈的……雨打在身上的感覺，是痛的，猶如禹承拉著她的手往前奔跑時的觸感，微微發痛。

禹承坐在床上，背靠牆，將右手舉到面前凝視良久。早已分開，那感覺卻鮮明得彷彿她還在，手好小，好柔，淋濕的洛英看上去好纖弱，他從來不知道，不知道。

那個雨天之後，兩人見面時彼此都有種不能言喻的尷尬，那份尷尬是從未有過的。幸好，日子一天天過去，那些疙瘩也被時間逐漸粉飾太平，他們的相處終究又和平常一樣。

在洛英的穿針引線下，禹承和趙友蓉的進展非常順利，他們熟稔到禹承已經毋須再用音樂班的藉口和她見面，他也相當懂得運用自己的優點特質，記得小學剛轉學過來時，大家對他的初次印象就是「王子」，鋼琴王子配小提琴公主最合適不過了，他在趙友蓉面前喬裝得很好。

今天洛欽又有棒球比賽，洛英為了可以無後顧之憂去觀賽，利用每節下課時間趕作業，直到放學鐘聲響，還有五題數學習題沒算完，她看看手錶，決定一股作氣拚完功課再到球場去。

解完兩道習題的時候，教室只剩下她一個人，這樣正好，四周清靜比較能夠集中注意力。才這麼想，走廊便響起雀躍的腳步聲。

她抬頭，禹承滿臉笑意地穿過走廊，和她對上一眼後走進教室。

放學不回家，沒事心情這麼好，怪怪的。洛英佯裝不關心，繼續埋頭寫作業。禹承在自己座位坐下，面向她，也不說來意。起初，安分地看她寫作業，手指有意無意在桌面上敲打出不知名的節奏。

洛英不管，還是算數學，禹承另一手撐著下巴，瞄瞄她的作業，冒出一句話，「那裡要開根號。」

她住手，看看算式，再看看悠哉的禹承，他真的很聰明，隨隨便便就能解開她想不透的難題。誰知禹承自己耐不住，冷不防將雙手壓在作業簿上，難掩興奮，「欸！妳要不要問我剛剛發生什麼好事？」

洛英見自己寫到一半的開根號被擋住，頗為無奈，「可以等一下再問嗎？」

「不行。」他更往前坐，非說不可，「妳知道我剛剛跟誰在一起？」

「學姊。」光看那張傻笑的臉就知道了。

「那妳曉不曉得我們說了什麼事？」

「說你昨天決定暑假的時候去美國遊學？」

「……」他語塞，因為被說中了，面對洛英要確認般的眼神，只好接下去說：「對啦！不過那不是重點，重點是友蓉聽完之後，就說這樣會有兩個月見不到面，她會……她說……說……那個……」

說著說著，他居然自己靦腆起來，跳針老半天。

「我、我直接跳到結論，結論就是，我們開始交往了。」

洛英定睛又定格，剛才原本想偷偷算數學，以致於聽完他的結論，花了一分鐘才會意過來。交往的意思是，他和學姊是男女朋友，也就是說，禹承追到那個校花學姊了？

「天啊！你成功了？」

洛英驚訝得站起來！她誇張的反應讓禹承很滿意，也起身，滿心歡喜地笑開，「對，奮鬥八個月，革命成功！」

「哈哈！哇塞！好棒喔！禹承！」她跟著笑，頓時也不知道該說什麼才好，只能一再重複同樣的話，「真的很棒耶！我的天啊！不敢相信！是趙友蓉學姊呢！」

見洛英真心為自己開心，禹承反倒冷靜下來，輕輕對她說：「洛英，謝啦！總是這麼挺我。」

她倒吸一口氣，忽然覺得……有哪裡不太對勁……

「你為什麼突然這麼正經八百？很噁心耶！」

「什麼噁心？我難得這麼有誠意跟妳道謝！」

「要道謝就請我吃冰吧！」

「好啦！那有什麼問題！不過今天不行，我等一下要跟友蓉回家，她團練快結束了。」說到這裡，他暫停一下，反問洛英，「妳呢？還要繼續待在教室嗎？」

「喔！我把數學寫完就要去找我弟，你先走吧！」

「嗯！那，明天再跟妳報告進度。」

他揚了嘴角，以小跑步離開。又剩下她一個人了，洛英還佇立在空蕩蕩的教室，有好一陣子四周只有早到的蟬鳴，持續很久很久，她才緩緩坐下。

有賽事的球場總是熱鬧得很，洛英站在老地方，透過鐵絲網看向青春洋溢的男孩們用棒球對決。洛欽知道她有來，頻頻往她那裡張望，原本已經做好心理準備要迎戰洛英豪邁的叫囂，可是今天的洛英相當反常，她只是靜靜站在那裡。

其實她也想盡情吆喝，想更投入比賽，但，就是有哪裡不太對勁。

當全場屏息關注兩好三壞的下一球走向時，她想起冷清的教室裡，禹承拄著下巴告訴她開根號的淡然嗓音。當球棒敲出響亮的擊球聲，她回憶禹承歡呼「成功」的陽光笑臉。當全場因為那支紅不讓全壘打而歡聲雷動，她的視線穿越球場，對著一幕小確幸的畫面睜大眼。

球場另一端是紅磚道，禹承和趙友蓉並肩經過，從地平線湧現的堆積雲成為亮白背景。他們的身影好小，好鮮明，說著，笑著……美極了！

即將邁入十七歲的那年，洛英十分不能適應，那一年，是許多事物都在改變的一年。從以前就一直比她矮的禹承，在今年不知哪個時間點超越她了。他還長出喉結，就像有顆石頭卡在脖子那樣，使得聲音愈來愈低沉古怪。每當禹承嘴裡叫喚的「學姊」變成帶著幾許溫柔的「友蓉」，他的神情就會成熟一些、柔軟一些，是她所不認識的哥兒們。

洛英不自覺按按胸口，終於領悟到打從方才就察覺的不對勁是什麼。

明明那麼為禹承高興，真的很高興，但為什麼……心還是酸著的？

那極易被忽略的，愛苗萌發的瞬間，很可惜，大多數人都察覺不到。更別說洛英，她當那股酸意只是不習慣死黨交女朋友的緣故罷了，大而化之的個性三兩下就調適過來。

或許是姊弟戀的關係，禹承和趙友蓉的驚人進展在學生之間飛快傳開，雙方條件都好，大家樂見其成。不過，跟女神學姊交往的話題太勁爆，幾乎每天都有人向洛英打聽那兩人的進度，到底是怎麼認識的？怎麼追到的？老師和家人都知道嗎？去過對方家裡嗎？都到哪些地方約會了？

洛英被問到很煩，她是怎麼也不會出賣朋友，想不透為什麼大家對於別人的交往這麼關心。支持好朋友是一回事，她本身卻對這種男生愛女生的麻煩事一點也不肯定。不用操心工作有沒有著落、錢夠不夠用，學會跟不同家人的相處之道沒有？物價一直攀升的未來也事不關己，無憂無慮的戀愛怎麼看都像是扮家家酒的遊戲。

「看不出來妳是這麼務實的人。」禹承感到不可思議。

「因為我媽教我做人要務實，從小就一直耳提面命，很怪嗎？」自己都覺得過於超齡，她不太好意思。

放學之後是禹承和女朋友的時間，只有一起上學的路上，他和洛英才能夠和以前一樣獨處。

「是不奇怪啦！不過，不談個戀愛，妳的青春年華不就是黑白的嗎？」

「你不要自己在談戀愛，也要把我拖下水。我才沒興趣，最好也不要讓我遇到。」

撂完話，她在座位坐下，準備拿出抽屜裡的課本。

一只裝卡片用的白色信封安靜無聲地躺在裡面。

她怔怔，慢吞吞將它拿出來，翻到正面，漂亮得不像高中生會寫出來的筆跡清清楚楚寫著「孫洛英同學收」。

在打開信封之前，她先看看前方的禹承在跟一群男生打鬧，這才小心翼翼撕開封口貼紙，淺紫色信紙被工整地摺成五角星的形狀，手法真厲害，每一個角的大小和角度幾乎一模一樣，是一顆十分美麗的星星。

孫洛英妳好：

我是二班的柯一龍，妳不認識我，我們從沒有講過話，不過，我卻曉得妳一些事。

妳跑得很快，體育課時總是跑得比班上男生快，跳箱也能跳很高，妳喜歡運動嗎？

我還經常看到妳在球場看比賽，賣力加油的樣子很可愛，我也喜歡棒球，改天一起聊聊吧？

話又說回來，有機會認識妳嗎？總得先互相認識才能聊棒球啊！五月二十三日星期五放學後在池塘邊的涼亭見面好嗎？我會等妳，不見不散。

柯一龍

內容簡短，讀起來清爽舒服。然而，洛英拿信紙的手和她的表情一樣僵硬掉！這……這是傳說中的情書嗎？要不要找個情書達人認證一下啊？

她抬頭，禹承還跟別人玩得不可開交。不行，不能問他，基本上他歷年來的情書都是洛英幫忙出的主意。上課鐘響了，她將那封信塞回抽屜，拿出課本，打算認真聽課。

不過是一封信，連半個「喜歡」的字眼都沒出現，說不定純粹是棒球同好來交朋友，對對對，一定是這樣。

可是啊，那個人一定經常從什麼地方看著她吧！居然曉得她這麼多事，洛英想著想著都不好意思了。

她面向黑板，視線卻三不五時朝抽屜裡飄，第二節、第三節下課都是這樣坐立不安。

吃完午餐，禹承轉過來邀她，「欸！吃太飽了，去打籃球消耗一下熱量。」

「喔……好。」

她跟著禹承走出教室，沒幾步，便緊急煞車。禹承回頭，「怎麼了？」

「我……我走這邊。」她神情緊張地指指另一頭的樓梯。

「神經，幹麼繞遠路？」

「消耗熱量嘛！」

快速說完，她逃也似地跑走。禹承一頭霧水，掉頭搜尋她不願走的那一邊樓梯，這邊明明近多了，只要通過一班和二班兩個班級就可以下樓啦！怪里怪氣的傢伙。

可是，洛英的古怪不只發作一天而已，隔天，隔天的隔天，她不尋常的舉止簡直變本加厲。整天魂不守舍，好像在害怕什麼，緊張什麼，還打死都不肯從比較近的那頭樓梯走，後來，連打球都不跟他去了，寧願坐在位置上發呆。

「我偶爾也會想要自己一個人想事情啊！你先閃邊去啦！去去。」她擺擺手，打發他離開。

這、這什麼態度？又不是狗！枉費他還擔心最近交了女朋友就冷落她，今天特地放下跟女神的約會，邀她一起去棒球打擊場耶！

「你煩不煩啊？就跟你說沒什麼，不要跟著我，約會去啦！」

堤防上，洛英快步走，禹承則緊跟在後。

「妳一定有事！我非常肯定！當我第一天認識妳啊？」

「有事又怎麼樣？用不著告訴你吧！」

她使性子地嚷完，發現後面變安靜了，禹承沒有沒跟上，留在離她兩公尺遠的地方。

「我就會說啊！」看不出是認真還是生氣，他大聲回話，「從以前到現在，我不是什麼事都告訴妳嗎？」

洛英內疚不語，和他對望幾秒鐘，走回來，就地坐下。她將雙腿擱在斜坡上，遠眺地平線，試著整理思緒和心情。最近的雲都像巨大的花椰菜那樣，雪白的雲朵一團團往上堆湧，她喜歡白色，單純又簡潔，彷彿什麼也不會改變。

「喏！」

禹承低頭，接過她遞出的信封，「這啥？」

「信，不認識的人放在我抽屜裡的。」

聽到這，他已經意識到那是怎樣的一封信，直到洛英要他「看吧」，禹承才打開來。信讀了兩遍，他變得不太能順暢呼吸，悄悄瞄向一邊，誰知洛英雙眼正在牢牢等待他的反應。

「怎樣？」她問。

「什麼怎樣？這不是情書嗎？」禹承笑了，用略嫌誇張一些的聲調，「是孫洛英人生中的第一封情書耶！萬歲！」

「是情書嗎？真的算是情書嗎？」

由於她問得十分認真，禹承也不好再嘻嘻哈哈，他使勁將信封塞回她手上，「笨蛋，文盲也看得出這是情書，妳腦殘啦？還有，明天就是星期五了，妳會去嗎？那個涼亭。」

不會去的吧？她之前不是很不屑那種沒有遠見的高中生戀愛？

「我會去。」

什麼？

洛英不自然地掠開耳鬢頭髮，解釋道，「不是……不是要答應他喔！該怎麼說呢？這幾天我想了很久，我啊……我很清楚像自己這樣的女生應該不會有男生喜歡我，這無所謂，我沒有看重這個，要給我情書，我還寧願收到安達充的漫畫。不過現在突然收到這封信，因為是第一次收到……」

「受寵若驚？」

「嗯！本來一開始很慌張，不知道該怎麼辦才好，後來自己想一想，這很簡單嘛！收到這樣的信，受到這樣的肯定，高興是理所當然的。就各方面看來都是好事對吧？所以我很高興，真的。」

禹承困惑地望著她，她清秀側臉掛上微微的笑，只和他對上一眼便轉開，改看前方還在不斷上湧的雲團。洛英的笑有很多種，每一種他都見過，但唯有現在，現在的表情多了分羞澀，是十七歲的女孩應該會有的表情，他第一次見到。

洛英沒能注意到他的異樣，繼續悠悠地說：「所以，我明天會去涼亭，然後好好跟他說『謝謝』，就這樣。」

「嗯。」

洛英這男人婆終於有人追了，還收到一封寫得不錯的情書，怎麼看都是值得放鞭炮的喜事吧！禹承暗暗告訴自己，之前洛英因為他交了女朋友而那麼替他開心，甚至還一路情義相挺，他也要有所回報才對，至少，現在應該為她歡呼慶祝吧！

他看洛英站起身，在寬廣的天空下伸起懶腰，忽然覺得遙遠。

「啊！今天賣大腸包小腸的攤子有出來耶！要不要買？」

洛英對著堤防下的攤販喜出望外，一整個迫不及待。

禹承的目光卻落在遠方的雲，隨著天色變化，雲的邊緣開始染上一點粉紅暮色，像蛋糕上勾綴出的玫瑰鮮奶油，像禮物盒上精心繫上的緞帶，又像臉頰腮紅，淡而自然，自然得會讓人誤以為是健康的蘋果紅，其實那是費心調和出來的女孩子的顏色。

「孫洛英，妳哪裡都別去了……」

他在察覺到那微小的變化中，輕輕那麼說。

二班的柯一龍。洛英說她對這個人完全沒印象，在星期五上午的第二節下課，也就是洛英要去涼亭的日子，禹承突然二話不說將洛英拖出教室。

「喂！你幹麼啦？」

還沒能將他的手甩開，禹承先一步指著底下操場，「妳看！那就是柯一龍。」

「咦？」

在完全沒有心理準備下，洛英順著他手指望過去，那附近沒什麼學生，只有一個在走路，相當好辨認哪一個就是柯一龍。

個子高高、瘦瘦的，秀氣的單眼皮，笑起來有幾分調皮和溫柔氣質。他遇上同伴，走上前一起交談起來。

禹承一打聽到柯一龍這個人，便興沖沖拉著洛英來一窺情書主人的廬山真面目。誰知她半天沒動靜，禹承側過臉，發現洛英正看得目不轉睛，專注得像發現什麼新大陸。

「欸！」他皺起眉，往她後腦杓輕輕推一下，「看呆啦？」

洛英回神，這時柯一龍已經走進他們視線不及的教室大樓裡，她才對禹承解釋，「不是，我只是覺得好像見過他。」

「妳不是說對他沒印象？」

「對名字沒印象，但是他本人……真的好像在哪裡見過。」

「哈！」他不屑地抱起雙臂，「該不會看人家帥就說認識了吧！」

「嗯？帥嗎？」

聽她反問，他暗地裡有些高興，卻故意轉移話題，「算了，沒什麼。不說這個，去打球吧？」

「今天不行。」洛英反常地沒一口答應，「我不能把衣服弄得皺巴巴的。」

一開始，禹承不懂那是什麼意思，洛英抱歉地給他一眼，走回教室。

他注意到，今天一整天洛英盡量不進行太多戶外活動，吃飯也小心翼翼，根本不是平常狼吞虎嚥的德性。

是因為放學後要和那單眼皮見面的關係吧？

「那麼，我走了。」

緊張了一天，終於聽到放學鐘聲。洛英背起書包，對禹承握個拳，一副要戰鬥的英勇氣勢。

「加油。」

他拄著下巴，懶洋洋學她握拳，然後目送她小跑步離開。她消失在門口的背影會讓他想起昨天傍晚見到的粉紅色雲朵，耀眼，稍縱即逝。

洛英來到信上約好的涼亭，先看看附近池糖，確定是這個涼亭沒錯。這裡不是學生放學的必經之路，也就不必擔心看熱鬧的人太多。

她順順頭髮，頭髮應該沒問題，剛剛才向班上女生借了梳子整理。她再拉拉制服上衣和裙子，很好，沒有亂七八糟，白色制服也沒沾上午餐的醬汁。這樣，應該不邋遢了吧！

她蹙起眉，努力回想媽媽平日的教導，還有哪些注意事項沒做到的，嗯……哎呀！那些嘮叨實在太瑣碎，背不起來啦！

禹承和趙友蓉放學後來到學校附近的85度C坐，各點一杯飲料和蛋糕，趙友蓉聊著小提琴發表會的事，問他上台的禮服是亮黑色好看，還是深紫色好看。

「嗯……這不是客套話，不過不管是什麼顏色，妳穿都好看。」

他揚起迷人的笑，讓趙友蓉心花怒放，不過也沒打算輕易放過他，「這種回答一點建設性也沒有，二選一，還是得選一個出來才行。」

啊……好麻煩，如果回答紫的好看，那女生一定會反問穿黑的就不好看嗎，怎麼回答都不對嘛！如果是孫洛英，她一定問也不問，直接挑穿起來最舒服的那一套。不過，洛英今天特別注重儀容，是格外在乎那個情書主人的緣故嗎？

「我問妳，就算對方是不認識的人，妳們女生也會想要打扮得漂漂亮亮的嗎？」

她當他在吃醋，好可愛，於是柔柔回答，「會啊！是禮貌嘛！」

好吧！就當作洛英那傢伙偶爾也懂得禮貌。才這麼告訴自己，趙友蓉又貼心補上一句，「如果是在自己喜歡的人面前，那就更想要變漂亮了。」

他失了手，鐵叉錯過蛋糕，在白瓷盤上割出刺耳噪音。這時，櫃台那裡來了一群學生等著點餐，嘻嘻哈哈的笑聲引起禹承注意。他朝那群人瞄一眼，再認真看一次確定自己沒認錯人。

柯、柯一龍？他為什麼會在這裡？

而洛英還在涼亭罰站，雙腳老早就痠得想坐下，可是想到坐相顯得隨便，只好硬逼自己在涼亭來回踱步，直到四周不再有零星的學生經過。

到底來不來啊？她都等一個小時了，是這個涼亭沒錯啊！整間學校也就兩座涼亭而已，她的的確確是站在池塘邊的這一座嘛！剛剛還無聊到跑去以水面當鏡子照一照，保持微笑，保持微笑，說不定人家臨時有事耽擱，等會兒先弄清楚來龍去脈再發飆也不遲，對，就這麼辦。

正試著對綠色水面做出笑容，眼角餘光驀然掃到禹承氣急敗壞的身影。

「咦？你怎麼又回來了？」

洛英驚訝地看著他快步走到面前，然後一把抓住她手腕。

「別等了，回家！」

「啊？什麼啦？等一下……」她被硬拉著走，感到莫名其妙，「喂！我還在等人耶！」

「就說不用等了！又不是什麼值得等的人，回家啦！」

洛英還想再反抗，然而一想到禹承平時搗蛋歸搗蛋，卻不會無理取鬧，才冷靜下來。她注視他憤怒的背影，任由自己被拖著走好幾步，才問：「你知道柯一龍不來了對嗎？」

禹承停住腳步，不看她，也不回答。

「那封信……是惡作劇嗎？」她又問。

禹承緊咬著唇，惱起這個粗線條怎麼偏偏在這時候精明起來？

由於洛英目光炯炯地瞪住他，禹承只好也回身和她面對面，他真恨透這種不論說什麼話都很傷人的窘境。

「不知道啦！不管是不是惡作劇，也沒人會乖乖等一個小時的，可以收工回去了。」

洛英沒說話，心底有數了，說無動於衷是騙人的，只是，再瞧瞧禹承不願正視她的側臉掛著紅腫和瘀青的痕跡，就分散掉一些難過又難為情的情緒。

「你還打架？」

「……走路撞到電線杆啦！」他倔強硬掰，發現洛英微微忍著笑，相當堅持，「我是說真的，我媽如果問起，妳要這樣回答喔！」

「哈哈哈……」她終於放聲大笑，「太拙了吧！這理由，我都不好意思講了。」

禹承見她笑，放心了，不跟她追究。學校保健室早就關門，他們跑到便利商店買根冰棒讓禹承冰敷臉頰，直到冰棒快融化才拆開包裝。

「給妳。」

禹承把冰棒遞出去，洛英拒絕，「掛彩的人是你，你吃吧！」

「幹麼把別人講得很遜的樣子？」

他懊惱地吐口氣，還是咬起冰棒。洛英垂下頭，盯著自己站了一個多小時的腳，忽然不感到痠，總覺得……還有點輕飄飄的，即使臉頰似乎愈來愈燙，依然有一種踩不到地面的錯覺。

「不會遜啊！很……」

「嗯？」他好像聽到她在咕噥，卻是蚊子般的音量，「妳說什麼？」

「沒、沒有。」

洛英把臉更轉向一旁，不讓他見到自己複雜的表情，不知道是不是歡喜、是不是心疼、是不是很想挖個洞躲起來的羞澀……她不曉得自己這一刻到底是哪一個表情。

「可是啊，為什麼那渾蛋會針對妳呢？」禹承什麼也沒發現，還啃著冰棒，思考洛英被整的事。

洛英跟著回想，她和那個柯一龍從沒有交集，也互不認識，到底怎麼會惹到他？

唯一僅有的線索，只有那在哪裡見過的直覺，在哪裡……

「啊！球場！」她恍然大悟！

柯一龍是洛欽敵隊的第四棒。

起因是，洛英每次在球場為洛欽加油，讓柯一龍覺得很礙眼，那些囂張的加油言語也萬分刺耳，彷彿自己沒被放在眼裡一樣。她怎麼會懂棒球？八成又是一個純粹愛鬼吼鬼叫的女生吧！

他探聽到洛英就是敵隊投手的姊姊，還跟他同校，便開始觀察她，然後想到這個惡作劇。

柯一龍放了一封假情書在洛英抽屜，星期五放學之後便和朋友躲在一旁偷看她傻傻在涼亭空等的模樣，好痛快！

「只是放她鴿子而已，又不會怎樣！她夠聰明的話就應該想到，像她那樣的女生怎麼可能會有人追！」

在85度C遇上，就是上面那番話使禹承忍無可忍對他動手，在趙友蓉面前自毀形象。他簡明扼要地向趙友蓉說明原因，和她分別後便直奔學校。

大致的前因後果，洛英事後用強硬手段逼禹承招供。隔週一放學後，她直搗黃龍來到一年二班，很快就找到正在收書包的柯一龍。

「柯一龍，出來一下！」

二班的人不約而同掉頭，柯一龍也看著窗外英氣逼人的孫洛英。他事前料到洛英早晚會知道真相，只是沒想到她會這麼快、這麼直接地找上門。

柯一龍斜背起書包，走出教室，面對洛英，臉不紅氣不喘地問：「什麼事？」

「我們好像有點恩怨，要不要趁現在解決？」

「……」連對話都在他的意料之外，還以為會遇上一哭二鬧的戲碼呢，「解決什麼？我聽不懂。」

洛英交叉雙臂，朗聲回話，「那我告訴你，我們現在下去打球，我投三球，如果你被我三振，就要向我道歉；如果你打中其中一球，我就不在學校揍你。」

別說柯一龍無言，連追上來的禹承也呆掉，這、這是哪門子的挑戰書啊？

柯一龍噗嗤笑了一下，「妳在說什麼啊？」

「笑屁啊？你別以為我不火大，我火大到現在就想動手扁你，你嫌打球麻煩的話，我現在就開扁，只是不知道你想不想讓大家看到你跟女生打架？」

啊？他不敢相信天底下會有這種女生！有夠粗魯的，而且洛英看上去相當認真，再瞥向一旁的禹承，他正深有同感地點頭，表示洛英真的會那麼做。

姑且不論是他打女生，或是他被女生打，總之都不是好看的畫面。

「好吧！比就比。」

禹承趁他回教室拿球棒，將洛英拉到一邊，「妳在想什麼？沒事幹麼比棒球？」

「不然要比什麼？」

她甩開他的手，兀自朝操場走，禹承又跟上前，「比吃東西也好啊！就像日本節目那種大胃王比賽，妳不是挺能吃的嗎？」

「不要，那個太不痛快了。」她伸展手臂熱身，正巧遇到從隔壁國中過來的洛欽，「欸？你怎麼會來？正好！身上有棒球吧？借一個。」

「妳要棒球幹麼？」他不解地拿出一顆白球，順便把媽媽交代的傘也遞給她，「媽早上給我兩把雨傘，要我拿一把給妳，免得妳又像上次那樣淋成落湯雞。」

天空灰濛濛，的確風雨欲來，可是洛英才不管，她只拿走棒球，「等等再說，你姊有事要處理。」

「我姊怎麼了？」洛欽改問禹承。

他們站在操場外圍，旁邊還有一些狀況外，單純來看熱鬧的學生。禹承將事情經過說明一遍，最後擔心地喃喃自語，「她到底在想什麼？人家可是第四棒，不是隨隨便便就可以打贏的。」

柯一龍手拿球棒走向打擊位置，隨手揮動兩下，每一棒都揮出紮實的風聲。至於直挺挺站在他對面的洛英絲毫不受影響，並且朝洛欽大喊，「喂！充當個補手吧！」

洛欽點點頭，從背袋拿出手套，順口對禹承說：「你知道我姊幼稚園時的夢想是什麼嗎？棒球選手，她從小跟我爸玩棒球長大的。」

「從沒聽她說過。」

「因為她後來知道女生不能當棒球選手，所以很早以前就放棄了，可是，有空的時候還是會陪我練球。」洛欽戴上厚實的手套，朝掌心擊了一拳，又對禹承笑說：「我練幾球，她就練幾球。」

比賽開始。洛英架勢十足地舉起手，抬高腿，身體迅速壓低，投出！白球「砰」地一聲直接進入洛欽手套。

四周響起一陣驚嘆，柯一龍連棒子都沒揮，他訝異地看著士氣高昂的洛英，打從身體跨出投手板到最後右腳落地收回姿勢，都是一連串漂亮而順暢的動作，她的球速簡直跟孫洛欽不相上下。

洛英揚個手，接住洛欽丟回來的球，再次將它舉到胸前。

這一次柯一龍緊握球棒，盯住她，她和孫洛欽很像，投球時態度從容不迫，神情沒有情緒起伏，身體放鬆，但是每每投出的球勁卻是犀利得要命。

洛英再度將球舉到頭頂位置，抬起左腿，壓低，投出！

柯一龍的球棒也揮過他的肩膀高度，是一記相當強勁的揮棒，可惜落空了。

禹承從旁觀察柯一龍的表情，他似乎對於那一球感到錯愕，再望望洛英，依然面不改色。禹承知道洛英熱愛看棒球比賽，國內外的棒球選手她都瞭若指掌，只是他從不曉得洛英本身這麼厲害，這下子，非常有希望來個三振出局喔！

「再來！」

柯一龍動氣了，他將球棒指向她，然後擺好擊球姿勢。對面洛英深吸一口氣，二話不說，動作俐落地蹬出投手板，一顆飛快直球俯衝而來。

鏘！響亮的打擊聲。洛英迅速昂頭，望著小白球飛到跑道上，落地彈跳。大家緊張到默契噤聲，洛欽先起身，淡淡評斷，「界外。」

柯一龍的朋友不服氣，在場外抗議，「哪有界外？這裡又沒有畫線。」

禹承嗆回去，「就算沒畫線，那種球一看就知道是界外好不好！」

兩邊人馬幾乎快吵起來，洛英的視線自那顆終於不再滾動的白球上收回，垂下手，呼出一口氣，「是不是界外都無所謂。」

「喂！」禹承想罵她。

洛英轉向柯一龍，說：「本來就說只要打中一球就算數，這樣算扯平了，怎麼樣？」

那是個界外球，明眼人都知道。她的器度讓他登時無語。

「妳這是小看我嗎？」

「不是小看你，是看得起我自己。」說完，她扠起腰又問：「喂！到底怎麼樣？」

「……妳說了算。」

聽他這麼答腔，洛英笑一笑，「好久沒投球了，多虧你，我玩得很愉快，下次再來比一場吧！」

她把球扔給洛欽，邀禹承一起去販賣機買飲料。洛欽等姊姊走遠，朝柯一龍瞪一眼，「明天我們又有比賽，你小心點。」

柯一龍的朋友聽見了，衝上前來助陣，「你才要小心，明天不要被轟慘了。」

洛欽無所謂地聳聳肩，跟上禹承和洛英的腳步，柯一龍還留在原地，朋友們在旁邊憤慨地說了什麼都當耳邊風。他推開同伴的頭，「走開，擋住了。」

同伴四下張望，「擋到什麼？」

柯一龍依然凝神注視，怎麼也想不透，那個頗有男子氣概的身影，居然令他覺得美麗。

「你們先回去吧！我還要練球。」一走出校門，洛欽便和他們分道揚鑣。

禹承和洛英一道走，路上洛英沒吭過聲，剛打贏比賽，照理說應該興奮到不行才對，但她連一絲絲那樣的情緒都沒有，反而還有些鬱悶。儘管很想質問為什麼那麼輕易放過柯一龍，他還是識相地沒去煩她，就這樣安安靜靜走到堤防，洛英忽然輕聲細語地開口了，「欽……我不像女孩子，真的是那麼奇怪的事嗎……」

他側頭打量她無精打采的側臉，原來還是很在意那個惡作劇啊……

「妳什麼時候變得這麼在乎別人的想法？那個只想做自己的孫洛英到哪兒去了？」

她在回答之前有過短暫的沉思，才緩緩坦白，「收到那封信之前，我的確認為做自己最重要，也懶得管別人怎麼看我。不過那封我以為是情書的信，突然讓我想要變得更好，有人放了一份期待在自己身上，就不想辜負那份期待，不想讓那個人失望。雖然柯一龍不是真心的，卻讓我第一次這麼想，不像女孩子的孫洛英……是不是給別人添麻煩了？」

「添什麼麻煩？」

她停下腳步，伸手觸碰他的臉頰，「比如，你啊！」

他明白她指的是打架留下的傷痕，那已經不痛了，但洛英輕輕落在臉上的指尖彷彿穿透皮膚，刺進胸口深處。她自責而抱歉的面容，就是這樣的表情令他的心臟微微發疼。

「笨蛋，我又不是因為妳不像女孩子才去打架，完全是因為那傢伙太爛了，是兄弟當然不能坐視不管，對吧？」

天空開始飄起毛毛雨，以溫柔的速度灑在他們身上。禹承一把奪走她手裡的傘，將撐開的傘面移到她頭頂。他努力不讓她內疚的模樣，洛英看在眼底，不很成功地扯開笑意。

什麼時候開始……雨傘由他拿握的高度是那麼剛好？什麼時候開始……小時候還模糊的分界隨著年紀愈來愈分明？

「可是，禹承。」她笑得幾分感傷，「我們終究不是兄弟啊……」

那是十七歲的宣言，是不願面對的領悟，是一道撕裂的痛。

他眉心深鎖，只能望著她，不知道該說什麼才好。

「我明明那麼喜歡棒球，爸爸卻說能和男生相抗衡最多到高中而已，以後，我投的球會一顆一顆被打出去。明明夢想是當棒球選手，卻被告知女生一開始就沒資格當選手。你說，就算打敗柯一龍又有什麼意義？」

原、原來在說棒球的事嗎？搞什麼啊……

禹承已經緊張到捏出一把冷汗，他暗暗鬆口氣，還以為那句「不是兄弟」接下來要講的話會害他招架不住呢……

洛英注意到他的異樣，狐疑地近前，「你怎麼了？」

「沒有啦！妳才怎麼了呢！不能當棒球選手就不能打棒球嗎？只要妳出個聲，我和洛欽都會陪妳打啊！小時候的夢想必須放棄又怎樣？再去找一個新的夢想不就好了？很難嗎？」

他說得火氣都上來了，洛英先是錯愕，後來漸漸想通，笑出來。

「沒禮貌。」

「奇怪，你好像是講了一番大道理，可是我好想笑。」

他無奈地「呿」一聲，繼續啟步往前走。洛英彎彎嘴唇，快步跟上去。

「禹承。」

「嗯？」

「胡禹承。」

因為她什麼都沒說，只喚了他名字兩次，因此禹承斜眼看了她一下。

「快說啦！」

「呵呵。」她神祕地笑，鑽進傘底下，輕輕擺動雙手，「我們，要一直做朋友喔！」

這個約定，宛如吹熄蛋糕蠟燭前夕的低語，宛如將他們困在一起的這場細雨，他沒來由地喜歡。

「一直是指到什麼時候？」

「就是一直。」

「所以說是到什麼時候？」

「一直，一直。」

「……妳剛是不是呵呵呵地笑了？」

第三章　只是預演

高一升高二的那年暑假，禹承去了美國，預計遊學一個半月。

台灣時間晚上十點半，家中電話罕見地作響，正在書桌前寫作業的洛英定格聆聽，聽到有人將電話接走了，又繼續咬著筆桿等一等，才埋首看書。五分鐘過後，聽見媽媽揚聲喊上來，「洛英！電話！禹承打來的！」

她扔下筆，跑出房間，媽媽站在茶几旁要她再快一點。

「媽，妳幹麼不一開始就叫我？」

「難得禹承從美國打過來，媽媽也想跟他聊天啊！」

「他在台灣時打電話來也沒看妳這麼熱心，是差在哪裡？」

「這個嘛……」

「哎呀！算了。」洛英一把搶走話筒，大聲地，「喂？」

話筒另一頭傳來禹承有些距離感的聲音，「孫洛英，就算是越洋電話，妳不用那麼大聲我也聽得見好嗎？」

「哈哈……」她乾笑完，興奮追問：「怎麼樣？今天去哪裡玩？」

「為什麼劈頭就問我去哪裡玩？怕妳忘記，我是來遊學、來念書的。」

他鄭重其事聲明，洛英黑溜溜的眼珠子轉向天花板，乖乖照說：「好啦！胡禹承同學，請問你念完書之後去哪裡玩啊？」

「嘿嘿！去一個六旗魔術遊樂園，裡面的雲霄飛車超變態，妳一定會愛死！」

禹承詳細描述那裡的雲霄飛車轉了幾次大迴圈，然後倒退拉高，又以多快的重力加速度俯衝，聽得洛英心癢得要命，直嚷著她也好想去。

那妳就來啊！

他在一瞬間即時忍住了那句話，拿著話筒怔忡住。為什麼會突然閃過那樣的念頭？對於趙友蓉，他是巴不得時間飛逝，縮短遊學的日子去見她。但是對洛英，則是打從心底希望她就在身邊，只要他閉上眼睛再睜開，就能夠看見她在身邊。

「對了，你打過電話給學姊嗎？」洛英問。

「嗯？有啊！剛剛。」

「那她有沒有很想你？」

「廢話，為什麼這種事我要向妳報告？」

「嘿嘿……好奇嘛！你們不是第一次這麼久沒見面嗎？」

他沉默片刻，就地在木頭地板上坐下。

我和妳也是第一次分開這麼久啊！

不過，這句話如果說出來，似乎也怪怪的。怎麼欲言又止的話變多了？

「啊！這是國際電話，不能講太久吧？」

他沒出聲，洛英擔心是電話費的關係，禹承很快就澄清，「又不是天天打國際電話，講久一點也無所謂吧！」

這時洛欽路過，見她靠牆講電話，用唇語問「是禹承哥嗎」，一邊走過來。洛英點點頭，朝他擺擺手，擺明要他閃邊去，洛欽便悻悻然走開。

「那你打電話給你爸媽了沒？」

「還沒，跟妳講完就打。」

「是喔！你那邊現在幾點啊？」

「早上六點半。喂！妳都知道這是國際電話，幹麼一直問我一些雞毛蒜皮的小事？」

「哈哈……那你知道昨天台灣有反核遊行嗎？請問你有什麼看法？」

「妳很無聊耶！」

就算是雞毛蒜皮的小事，聽見洛英開朗的笑聲，電話那一頭的禹承也輕輕地笑了。

好想趕快回台灣啊……

半個月後，禹承回到台灣，跟洛英約好要她星期天到他家領禮物。

按了門鈴，開門的是禹承媽媽。

「胡媽媽早。」

「早啊！禹承說妳會來，不過……」她為難地看向二樓。

「他還沒起床嗎？」

「不是，他很早就起床了，刷牙洗臉之後又回房間，一直到現在都沒下來過，不知道會不會又繼續睡。」她思索一會兒，又或者根本什麼也沒想，就對洛英笑著說：「不然妳直接上去好了，順便跟他說要記得下來吃早餐。」

「好。」

洛英是胡家常客，三步併作兩步上樓，隨便敲兩下門就算數，然後快速把門打開。她環顧四周，發現禹承果真睡回籠覺去了，他像昏死過去似地趴在床上，動也不動。

洛英躡手躡腳走近，淘氣地咬著嘴唇，抓起床上的恐龍抱枕高高舉起。

再次瞧瞧禹承熟睡的臉，猶豫過後改變心意，將抱枕緩緩放回去。

大概睡了十五分鐘左右，禹承模模糊糊清醒過來，睜開的視線內映入洛英頭戴耳罩式耳機，盤坐在地，正在看手上的CD片盒。

他呆呆凝視一會兒，搞不清楚這裡是美國還是台灣，也分辨不出是現實還是夢境，可是，洛英戴著大大耳罩的模樣好可愛啊……在聽什麼音樂呢？

不意，她掉頭，和他四目交接，笑了，「你醒啦？」

洛英拿掉耳機，朝床舖直衝而來。他嚇得坐起身，退到牆邊。不是在作夢？

「妳、妳來多久了？」

「嗯……十幾分鐘吧！」

「為什麼不叫我？」

「我想你還要調時差，就沒吵你。既然你醒了，」她笑咪咪伸出手，「禮物。」

他懶懶地朝她掌心打下去，然後指指牆角的行李袋，「自己去拿，棒球帽，一頂給妳，一頂給洛欽。」

洛英期待萬分地從行李袋翻出三頂洋基棒球帽，都是白色的底，洋基標誌和帽簷則是相同的顏色，有紅色、藍色和灰色。

「哇塞！洋基耶！」她如獲至寶，灰色那頂一定是洛欽的，於是便將藍色帽子往頭上戴，「好棒喔！太帥了！」

誰知禹承走上前來，將帽子拿走，改將那頂紅色棒球帽反扣在她頭上，「藍色是我的，這才是妳的。」

「什麼？你明知道我最喜歡藍色！交換啦……」

「少囉嗦，都特地幫妳買棒球帽了，顏色當然由我作主，女生就應該戴紅色，不然拉倒。」

洛英發出晴天霹靂的哀嚎，癱倒在地，「你為什麼不買兩頂藍色的……」

「我跟妳戴一模一樣的帽子像話嗎？又不是戴情侶帽。」他不理會她傷心欲絕的死樣，從袋子裡拿出一個精緻紙盒，「欸！給妳看，這是要送給友蓉的。」

「那是什麼？」

洛英打起精神坐好，盒子內容物沉甸甸，她仔細閱讀紙盒上燙金的牌子名稱，「Chanel……這是香奈兒嗎？」

「嗯！是香水，要看看嗎？」

他將盒蓋上的貼紙撕開，不留下開封痕跡，端出一只鬱金香造型的玻璃瓶，柔和的櫻花色相當適合趙友蓉。

「哇……好漂亮。」

洛英看得出神，這樣的禮物和學姊真相襯，禹承的品味不錯耶！話又說回來，就算禹承送給她一頂紅色棒球帽，可是和送給情人的層級依然有很大區別，禹承在挑選禮物的時候，到底是抱著怎麼樣不同的想法呢？

「我打算在下個星期天送給她，而且，那天我們會約會一整天。」

他意氣風發，洛英則專心翻動其他美國帶回來的戰利品，「那又怎樣？」

「約會一整天耶！自從我們交往到現在，每次都利用放學時間約會而已，友蓉家裡管很嚴。話句話說，下個星期天可以說是『正式約會』！」宣告到這裡，禹承轉而按住洛英肩膀，「所以，要麻煩妳先陪我預演一下。」

「預……什麼預演？」

「因為是第一次正式約會，很重要對不對？絕對不能在女神面前出任何差錯，所以在下個星期天之前妳陪我走一次流程吧！」

「流程？別跟我說你還有排節目表啊！」

「喂！一整天耶！沒有節目表怎麼行？」

「你又不是處女座的，別亂學人家的龜毛啦！」

又是吵得不可開交，不過最後是禹承略勝一籌。他總是在趙友蓉面前力求完美，除了上次在她面前出手打了柯一龍之外，至今「王子」的形象仍然守護得很好。也因此，當禹承故意提起情書事件，一想到那傷害他形象的拳頭，洛英便無法拒絕這強人所難的要求。

「哎呀！洛英要走啦？」胡媽媽聽見下樓的腳步聲，跟到玄關來，「吃早餐了沒有？

要不要一起吃？」

禹承的媽媽很喜歡洛英，當她是自家女兒般疼。禹承媽媽本身是個美麗又氣質高雅的女性，正好是禹承欣賞的類型。

「不用，謝謝，我吃飽才來的，先回家了。」

她活力十足地道再見，胡媽媽發現她頭上多了一頂紅色棒球帽，直覺是禹承送她的。

「洛英戴紅帽子很好看耶！」

「咦？」原本要走，又倒退回來，「真的嗎？」

「是啊！妳很適合紅色喔！」

洛英靦腆笑笑，在回家路上經過一間服飾店，賣的是成衣廠出來的服飾，當然吸引她目光的不是那些超齡衣裳，而是自己在玻璃櫥窗上的倒影，T恤、牛仔褲加上一頂紅色棒球帽的打扮，十分青春的穿搭。

她看著自己，像打量陌生人，最後摸摸這頂紅色棒球帽，再次笑一笑，除了藍色以外，喜歡的顏色再多一個也無妨喔！

和禹承進行約會預演那天是星期四，洛英一面穿上球鞋，一面跑到屋外，禹承已經站在圍牆邊等她。

「妳有跟妳爸媽說要出門嗎？」

「有啊！就說要跟你出去，怎麼了？」

他反倒長嘆一聲，「為什麼妳跟我出去就這麼簡單？友蓉就得編一堆冠冕堂皇的理由。」

「少囉哩囉嗦了，我們先去哪裡玩？」

洛英興致高昂地要出發，卻被禹承一把拉回來。他上下打量她一遍，問：「妳有沒有裙子啊？去換裙子吧！」

「為什麼？穿裙子要怎麼玩？」

「誰說要去玩？今天是預演，預演！妳想想看，友蓉肯定會穿漂漂亮亮的洋裝跟我約會吧？請妳敬業一點，比照辦理。」

「不要啦……」

「妳穿這樣，別人還以為我在跟男生約會，不是更奇怪？乖，去換。」

「……」

好想揍人喔！把他揍昏就可以不用搞什麼鬼預演了吧！洛英忍氣吞聲走回家，面對一櫥子的衣服大半天，最後困擾地拎起一件藍色百褶裙，「制服……能不能混過去呢？」

禹承在孫家門口等了又等，再次看手錶，過很久了耶！該不會連半條裙子都沒有吧？

「我好了，走吧！」

正胡亂猜著，洛英已經快步走出屋子。禹承從後面看她換上白色短裙了，又長又均勻的雙腿相當漂亮呢！

「喂！等一下，裙子太短了吧！」

「這是網球裝的裙子，而且，你看，鏘！」她冷不防將裙襬拉高，就像小學時做的那樣，「嘿嘿！是褲裙。」

她一派輕鬆，倒是把禹承嚇壞，他鐵青著臉警告，「笨、笨蛋，妳以為妳幾歲啊？成熟一點好不好？」

「嘖！那就不要管人家的裙子長度啊！」

洛英嘀咕個不停，後來坐上前往市區的公車心情才好轉。

「我們到底要去哪裡？」市區有好多好玩的地方，洛英超期待。

禹承卻支吾其詞，總說著到了就知道。

下了公車，偌大方正的美術館座落眼前，洛英看傻了，片刻後才伸手指了指，「這、這裡是……」

「沒有錯，美術館。」

「我們該不會……」

「要去看裡面的一個樂器展。」

洛英瞬間哭喪著臉，「我可以在外面等你就好嗎？全世界只有三個地方是我的死穴，第一個是圖書館，第二個是博物館，第三個是美術館，不能大聲講話的地方，進去不到一分鐘就想睡。」

「妳快睡著的時候我會把妳敲醒，走啦！快走！」

他硬是把她拖進去。原本滿腹牢騷的洛英，見識到館內各式各樣的樂器之後也嘆為觀止。她對樂器沒興趣，完全不懂，還是看得目瞪口呆。

手風琴、豎琴、大提琴、喇叭、法國號、古箏……琳瑯滿目的，他們邊逛邊指指點點。今天是平日，館內的人不算多，反而有些媽媽帶來的小孩不受管控，跑跑鬧鬧，吵鬧的聲響讓洛英放鬆不少。後來禹承發現一架標示「維也納式擊弦機」的鋼琴，開放給參觀民眾試彈。

他慫恿洛英，「欸！去彈彈看。」

「我不要！」洛英恐慌地搖頭，「我不適合啦！被我弄壞怎麼辦？」

那麼有氣質的樂器就要由趙友蓉那麼有氣質的人來演奏才合適嘛！禹承興起，提議道，「對了，上次說要彈垃圾車的主題曲給妳聽。」

他逕自繞進鋼琴座位，雙手擺好位置，錚錚鏦鏦彈起了〈少女的祈禱〉。洛英環顧四周，有幾位客人因為好奇而佇足聆聽。禹承彈得不算好，甚至有幾個音彈錯時，他會抬頭對洛英作鬼臉，洛英笑了笑，靜靜望著他。

讓她逐漸出神的，不是優美的樂音，而是禹承撫弄琴絃的專注神情，每敲下一個鍵，某種心情好像跟著旋律爬升、墜跌、又高漲。這首曲子很長吧？希望他能夠彈久一點，禹承為她彈琴的模樣……看不膩啊……

禹承彈完琴，回到她身邊，她還為了那尚未完全撫平的悸動而閃避他的眼。

「怎麼樣？垃圾車的主題曲。」

「嗯……原來這麼難彈啊……」

「知道就好，以後不可以小看垃圾車。」

他們又繼續走，洛英忍不住問：「你也彈給學姊聽過嗎？」

「怎麼可能？我哪敢在她面前班門弄斧。」

「我覺得不難聽啊！」

他斜睨她一眼，「『不難聽』根本不算讚美好嗎？」

「幹麼非要得到『非常好』的評價不可？你不累啊？」

那句話令禹承停下腳步，他的表情深情款款，卻不是為了她，「因為我重視她，累也沒關係。」

洛英二度避開他的眼，因為胸口刺痛的緣故。

離開美術館後，禹承帶洛英到附近一間精緻的簡餐店吃午餐，店內裝潢走英國風，大量擺設著典雅瓷器。

洛英如坐針氈，深怕自己粗手粗腳會打破什麼，好不容易等到自己的餐點送來，又是一陣措手不及。糟糕，不該點牛小排的，她最討厭用刀叉了。

「啊！」

刀鋒在瓷盤刮出刺耳響聲，帶血的牛肉「咻」地飛進禹承盤子裡。

他停住手，和她互看一眼。

「又不是在宰牛。」

「我用筷子也可以吃牛排的，幫我問問嘛！」

「我問不出口。」

他拿她沒轍，探身向前，開始動手幫她切割牛排。

洛英想阻止，說自己來就好，可是禹承邊切邊嘮叨，「我好人做到底，乾脆幫妳切個一乾二淨，免得等一下妳直接拿起來啃。」

「謝、謝謝……」

他稍微抬頭，觸見她的臉頰似乎泛了紅。

禹承移開刀子，從她盤子叉走一塊玉蜀黍，按捺住被傳染的緊張，顧左右而言他，「這是謝禮。還有，順便把我的紅蘿蔔拿走。」

「喔！」

她熟練地用叉子取走禹承盤子中幾塊紅蘿蔔，忽然發現鄰桌的女性客人正以同是恩愛小情侶的眼光看待他們，還對她笑一笑。

「好吃嗎？」

禹承問了第二遍，洛英才回神，「嗯？什麼？」

「我問妳，這家餐廳好吃嗎？」

「這個……」她注視著那些被切得工整的牛肉塊，送一塊到嘴裡品嚐，然後真心回答，「很好吃啊！」

「那就好，我在網路上找半天，大家都推薦這一家。」

見他安心地笑，洛英欲言又止。其實，一開始有些食不知味，太緊張了嘛！但讓禹承細心切過的牛肉……不知怎的變美味了。

午餐後，他們的下一站是電影院，洛英重拾活力，滿懷期待。有一部她朝思暮想的動作片正在上映，聲光和特效聽說都超讚的，一想到就熱血沸騰呀！

「看這部。」

禹承指向一張電影海報，走向購票櫃台。洛英下巴都快掉下來了，趕忙跟過去，「愛情片？真的假的？來電影院看愛情片？」

「不然呢？情侶不看愛情片，難道要看鬼片？」

他開口向櫃台要了兩張票，洛英更緊張，「看動作片啊！那種會一直爆炸的動作片呀！求求你啦……」

洛英活脫是孟姜女快哭倒在地，禹承回身，朝她揚揚手中的電影票，「愛情片，培養一下妳的文藝氣息。」

洛英半死不活被他拖著走，一整個了無生趣，「我對這種電影沒有抵抗力，會睡得好像被下藥一樣啦！」

果不其然，進入黑暗的電影院，正片開演不到四十分鐘，禹承便瞥見洛英整顆頭倒向隔壁座位的男人肩膀。看似大學生年紀的男生亂尷尬的，瞧瞧她，不太好意思驚動睡得正甜的女孩子。

「對不起，對不起。」禹承幫忙道歉。

「沒關係，她睡得好熟。」對小妹妹愛寵的語氣。

禹承探身將她的頭撥回來，讓她穩穩靠著椅背，忍不住在心裡咕噥，「什麼地方不好倒，偏偏倒向那裡。」

他繼續盯著大螢幕，一會兒，一股重量壓上來，掉頭望著靠在自己身上的洛英，一時之間打消喚醒她的念頭。難怪隔壁那個大學生會有那麼溫柔的反應，睡著的洛英和他好幾次在帳篷裡所見到的一樣美麗安靜，看呀看呀，不禁心生希望她別那麼快醒來的念頭。

洛英身上香香的，肯定不是香水的味道，是洗髮精還是沐浴乳呢？總之是非常「女孩子」的香氣。

話又說回來，世界上有哪個女孩子會在看感人肺腑的愛情片時睡著的？

「……算了，這樣還可以接受。」

散場時分，電影廳的燈亮了，觀眾紛紛離席。禹承用食指推推洛英的頭，要她起床。

「嗯……演完囉？」

她迷迷糊糊坐好，用手背擦掉嘴角口水，禹承笑咪咪問：「睡得很爽吧？燈光暗又有冷氣吹。」

洛英聽得出他的諷刺意味，不太好意思，「我睡很久嗎？」

「幾乎從頭睡到尾，坐妳隔壁還真倒霉。」

「咦？」

她以為他說的是另一邊的大學生，趕忙四下尋找，可是對方早已經離開，錯失道歉的機會。

「我一直靠在人家身上喔？你要把我叫起來呀！」

禹承按按痠痛的肩膀，見她誤會，索性將錯就錯，「醒了，反正馬上又會再睡，何必麻煩？」

「你很壞心耶！」

他事不關己地走下階梯，洛英跟上去怪他不夠意思，一個不小心，她踉蹌幾步，被禹承及時扶住。

「小心一點，妳還沒睡醒啊？」

她道謝的時候，無意間發現禹承T恤上的肩膀位置有一灘未乾水漬，下意識又抹一次嘴角，那是她的口水？她剛剛靠著的人是禹承嗎？

從頭睡到尾，他就這麼讓她靠了整場電影的時間。倚在他身上是什麼感覺呢？睡著了，什麼都想不起來。那，他們兩人當時在影廳裡的模樣看起來又是怎樣的畫面？啊……

那個她怎麼也不可能知道。

好想倒轉時間，再好好體會一次。不過，若不是她睡著，這輩子應該不可能再做出靠在他身上睡覺的舉動了吧！和他相識這麼多年，從不會把他和體貼畫上等號，最近……真的是從最近開始，他有些小動作都讓她覺得開心，莫名其妙地開心。

由於察覺到禹承故意不說破，洛英反而覺得彆扭，如果他大方承認自己是受害者，那洛英也許還覺得沒什麼大不了。現在為了掩飾那一份不自在，她故意提起電影的結局。

「所以，結局到底是什麼？是好結局嗎？」

「嗯？」禹承和她面面相覷，看上去有幾分為難，「大……大概是好的吧！」

「那男主角最後有告白嗎？還是他死要面子不說，等女主角自己發現？」

「嗯……這個……都有吧！」

洛英皺皺眉，認為他語焉不詳，一點誠意也沒有，「到底是怎麼樣？來龍去脈講清楚啊！」

「囉嗦耶！結局這種東西就是要自己看才有意思，光問別人怎麼行？妳有沒有尊重電影啊？真的那麼想知道，請妳下次再重新看過！」

「你……你在生什麼氣啊？」

禹承支吾不回答，只是匆匆催促她，自己則加快腳步走在前頭。什麼結局？他壓根兒沒專心看電影，黑暗的影廳裡，洛英又柔又暖的身體一靠上來，他的腦子也瞬間空白。

來到室外，天色不若進電影院之前那麼耀眼，太陽西斜，約會的行程應該差不多到尾聲了吧！

「再來呢？要去哪裡？」

「公園。」

突然變成極其普通的地點，洛英又確認一次，「公園？去公園幹麼？」

禹承攤攤手，「友蓉說她喜歡公園，喜歡在裡面散步，然後看看公園裡散步的人。」

「這樣啊……那，我們就散步吧！」

附近有一個佔地廣大的公園，人不少，有運動的、玩球的、散步的、打盹兒的。他們並肩走，有一句沒一句地聊，遇見流浪狗，愛狗的禹承特地去路邊攤買根香腸餵牠吃，忽然沒頭沒腦發問：「今天下來妳覺得怎麼樣？啊！妳當然會覺得很無聊，不過我還是想知道，對一般女生來說，今天的約會……不算太糟吧？」

他真的相當在意約會的評價，既擔心又緊張，洛英側著頭告訴他，「我不會覺得無聊啊！雖然都是平常不習慣的地方，可是這樣才新鮮嘛！」

她的說法令他高興，但還是沒有幫助。

「妳容易滿足，很好打發，所以問妳不準，友蓉可沒那麼簡單。樂器展要不要改成聽演奏會啊？可是七早八早哪有演奏會。」

洛英見他皺眉苦思，明明是再簡單不過的事，不明白他為什麼這麼苦惱。

「我覺得……不需要費心去討好她啊！照你平常的樣子去跟學姊見面，她一定就會很開心了。」

「平常的樣子？妳是說我們今天這樣？」

「嗯！」

「要我啊？我們一天下來，有什麼值得特別高興的？」

「……」

很多時候她都很高興啊！比如，禹承在美術館半生不熟地彈起垃圾車主題曲的時候。比如，他嘴上抱怨，卻還是幫她把牛排切成小塊。比如，在電影院他默默地讓她把肩膀當枕頭。比如，現在和他什麼也沒做，就只是在公園裡並肩走著。

她可以舉出好幾個例子，後來決定不對禹承說了，也許感到開心的只有她一個人，所以，那是祕密。

有顆足球滾來，打中洛英的腳。他們掉頭看，原來是一群小學生在踢足球。

洛英退後兩步，揚腳一踢，足球又飛回那邊的草地上，小朋友們紛紛大聲道謝，她思索一會兒，一時興起提出邀約，「喂！去流個汗吧！」

「啊？什麼？」

「走啦！反正接下來也沒行程了。」

洛英拉著禹承加入孩子們的行列，盡情踢球，拔足奔跑，這樣大量地揮霍精力，才能暫時忘掉那份不太像朋友間應該有的感覺。

半小時後，孩子們被家長叫回家，禹承在販賣機投幣買飲料，洛英向他們揮手道再見時，一位約莫小學四年級的女生，一副大人樣地笑著問他們，「你們在約會嗎？」

他們愣了愣，有默契地對望，又默契地牽起彼此的手，彷彿那是家常便飯的問題般異口同聲，「對呀，我們在約會。」

小女生淘氣笑笑，跑回媽媽身邊。禹承這才對她發表意見，「幸好當初叫妳換裙子，妳看，別人都以為我們是真正的男女朋友。」

「還提裙子？煩不煩啊？告訴你，真正的男女朋友是不會在乎穿不穿裙子的。」

「哈！說出那種話的人一定是偽君子，我對妳最老實，所以從來不說假話。」

他們邊吵邊沿著紅磚小徑往前走，甚至忘記兩人還牽著手。兩側種著小葉欖仁，青翠的葉片交織在頭頂上，陣陣蔭涼。有時，遇到迎面走來的年輕情侶或是老夫老妻，他們會一起退開讓避，然後洛英總不禁再回頭目送那些人的背影。

「妳在看什麼？」

「我們只是跟那些小孩踢球，為什麼他們會問我們是不是在約會呢？」

「一個男生和一個女生在公園散步，怎麼看都像是在約會吧？這是常識。」

「那，明天和學姊來的時候也是散步？」

他猶豫一下，說：「當然不只散步而已。」

「還會做什麼？」

這次他停頓得更久，而且跟洛英一樣，只看向前方無人的小徑，「也許，接吻吧！」

洛英沒有應聲，由於她過於安靜，禹承覺得怪尷尬的，想用玩笑話打破僵局，「妳好奇啊？要不要我明天向妳報告？」

要要要！鉅細靡遺，一五一十，全盤托出！

依照他預測，洛英應該會那麼興致勃勃地回話才對。然而，她還是沉默，好像小徑那一端有什麼令她看到出神，許久，才淡淡說：「不用了，你和學姊明天順順利利就好。」

她的坦然和大方，不知怎的，使他不太舒服。

「不用妳操心，我們今天不也是很順利？」

「禹承，我們……只是預演啊……」

悵然的語氣，叫他困惑。圓弧形的小徑上又遇見方才照過面的年輕情侶，這一次洛英輕輕放開手，讓年輕情侶從他們中間通過。

手和手分開了，空空的，他們各自佔據小徑兩邊望著對方，這樣的距離，剛剛好。

洛英先移開視線，往一旁的長椅坐，「累了，休息一下。」

禹承慢了半拍才在同一張椅子坐下來，只不過和她維持一小段距離。他們打開易開罐，金屬片彈開的聲響異常大聲。

都是洛英啦！沒來由變得怪怪的，然後害他也跟著怪怪的。嗯？到底是怎麼個怪法倒是無法具體說出來呢……

「欸，謝謝你今天帶我出來，還幫我付所有的費用。」

她開口了，幸好不是怪怪的口吻和表情，只是跟往常一樣的洛英。

「本來就是我硬要妳一起來，那是應該的。」

洛英咕嚕咕嚕連灌下四五口運動飲料，退了冰的關係，罐子表面結了一堆水珠，她仰頭喝的時候，那些沁涼水珠便滴在脖子上。禹承看她用手背由下往上地朝頸側抹去，低垂的睫毛，濕黏的髮絲，撩人的姿勢。他別開頭，面向陽光西曬的前方草地，宛如嵌上無數顆鑽石，閃閃發光，像前一秒的洛英一樣。

「不過，禹承，我剛剛說今天一點都不無聊，而且還很高興，沒有騙人喔！」

他們一起注視金色草坪的身影，在樹葉碎影的覆蓋下，依然是凝結的。擺在兩人中間的易開罐安靜淌著水，也沒人再去拿。

徐風吹著，遠處的孩子嘻笑著，彷彿什麼都不會改變。

「……我知道。」

星期天的早上，洛英通常起得晚，即使聽見洛欽一大早就吵吵鬧鬧地準備出門練球，她還是多花兩個小時賴床才甘願。

「洛英，下來吃飯的時候不要穿著睡衣啊！要我講多少次？」

媽媽幫她煎好一份蛋餅，一撞見那頭蓬亂短髮又把蛋餅拿開。洛英探身將盤子搶回來，小聲嘀咕，「在家裡又沒有外人看見。」

「這是基本的生活習慣，在小事上邋遢，大事也就好不到哪裡去。」

媽媽一面洗碗還一面碎碎唸，洛英直覺又會是沒完沒了的無限迴圈，當下識相閉嘴，乖乖吃早餐。

媽媽放下一半的洗碗工作，手還拿著鍋鏟就拉椅子在她面前坐下，轉為笑臉迎人，「媽媽看妳前幾天在拚命找裙子，對吧？裙子不夠的話再去多買幾件。」

「後來找到了啊！」

「那個是褲裙，是褲子的一種。」媽媽翻臉跟翻書一樣，正色道，「難得稍微對裙子有興趣，趁現在趕快去『愛麗兒』多買幾件回來。」

「愛麗兒」是一間少女服飾店，老闆娘專門從日本、韓國帶貨回來賣，好幾次經過，媽媽都想把洛英拖進去逛，可惜沒能成功。

「不要啦！又沒有什麼機會穿，好麻煩喔……」

語未歇，她立刻感受到一陣寒意射過來。媽媽板起臉，緊握隨時都有可能會飛來的鍋鏟命令，「沒去買，當然沒有機會穿呀！早餐吃完就馬上去！」

「是……」

洛英草草解決掉那份蛋餅，帶著媽媽給的錢騎車出門。

「好熱喔！我本來應該在家裡吹冷氣、看漫畫的……」

腳踏車騎不到兩百公尺，就已經受不了八月豔陽，她在等紅燈時刻意停在樹蔭下，瞇起眼晃晃萬里晴空。

今天天氣真好，比預演那天還好，禹承和學姊的約會應該進行得很順利吧！

希望學姊喜歡那個樂器展，希望學姊覺得牛排很好吃，希望那部愛情電影能把學姊感動到落淚，希望在公園散步的時候……

「也許，接吻吧！」

洛英回神，發現周遭車輛早已開始啟步，連忙踩動踏板朝「愛麗兒」前進。

一如洛英的期盼，禹承和友蓉的約會十分順利，不僅如此，音樂班出身的友蓉對於禹承在樂器這方面的涉獵大為驚嘆。

「你怎麼會懂這麼多？平常有研究啊？」

「不算研究，有興趣啦！」面對女朋友崇拜的目光，他假意地搔頭裝謙虛。

上次跟洛英來的時候，早就拿了展覽簡介回去死背，樂器的製作方法、由來、歷史淵源，幾乎難不倒他。

經過穿堂時，聽到悠揚琴聲，有個跟禹承差不多年紀的男生在彈奏那架「維也納式擊弦機」的鋼琴，一旁站立的女孩應該是他的女朋友，正面帶微笑聆聽。

啊……她的表情跟當時的洛英好像，雖然有點羞澀，但好像真的很高興，整個人變得好可愛。

「他彈錯兩個音。」

「嗯？什麼？」

禹承狐疑地看向她，友蓉笑一笑，又解釋了一遍，「剛剛第三小節和第四小節他都彈錯了。」

「喔……這樣啊！」

禹承暗自慶幸自己沒當場野人獻曝，友蓉搞不好還會認真打分數呢！

離開美術館，依照計畫是去那間以牛排聞名的簡餐廳用餐。

友蓉一身淺色系的絲質洋裝，脫俗氣質和這裡的英國風十分相襯，她用餐時的優雅舉止真是賞心悅目啊！

哪像那個連刀叉都不會用的洛英……想起上一回洛英的牛排飛進他盤裡的可笑畫面，禹承忍不住嘴角上揚。

「你在笑什麼？」

他倉促抬頭，發現友蓉已經停下刀叉，興味打量他。

「呃……看妳的牛排快吃光了，應該很好吃吧？」

「嗯！是真的很好吃，幸虧當初聽你的話點這一道菜。」

可是，真奇怪，今天怎麼有點食之無味？明明跟上次點相同的餐點。是換廚師了吧？

飯後去看電影，現場的情侶檔不少，演到賺人熱淚的一幕，黑暗中紛紛傳出吸鼻子的聲音，友蓉也不例外，當她想彎身翻找包包，禹承已經抓好最恰當的時機遞出面紙來。

友蓉接過面紙，甜甜一笑，看來這一刻禹承給她的感動已經遠遠勝過電影情節。

這才是女生嘛！隨便一個矯情的畫面都可以被感動得一把眼淚一把鼻涕，為什麼洛英偏偏呼呼大睡呢？超不解風情的……當然他也不是要洛英解什麼風情，可是幹麼沒事睡到倒向隔壁的大學生？故意的是不是？

就這樣，整場電影下來，禹承什麼內容也沒看進去，淨在腦袋裡碎碎唸個不停。直到影廳日光燈亮起，才嚇一跳。

前往公園的路上，友蓉興致高昂地找他聊電影內容，他卻閃爍其詞、虛與委蛇。上次肩膀讓洛英靠了一整場，腦袋空白。這次腦袋裝滿了碎碎唸，完全沒辦法專心。

所以，那部愛情片的結局到底是什麼？

「對了，高二你會念醫科班吧？」

友蓉的話題轉到學業上，禹承輕聲「嗯」一下，似乎不怎麼想討論，可是她注重功課，所以一確認男朋友會走上醫科這條路之後，感到很欣慰。

「剛認識你的時候還以為你會念音樂班，不過醫科班更好啊！你爸媽又是醫生，在這方面一定能夠給你很多幫助。」

他停頓半晌，笑嘻嘻地，「是啊！不過我們別談這個好不好？難得出來玩。」

「有什麼關係？這也很重要嘛！我在想，雖然我們念的科目不一樣，但是以後放學可以一起留校複習，不要每次都出去閒逛。」

她滿心歡喜地談起未來願景，禹承則望向金光閃閃的草坪，前幾天那群踢球的孩子又來了，快快樂樂追逐著那顆球，雖然才是幾天前的事，但他忽然懷念起和洛英一起恣意奔跑的時光。

洛英在「愛麗兒」服飾店任由店員擺佈和推薦，勉強買了兩條裙子，心想好不容易逮到外出機會，便跑去漫畫店看了二十本漫畫，路上遇到班上女生，順道和她們一起吃午餐，分別後又繞去糖廠吃冰，還外帶一根鳳梨冰棒邊吃邊牽著腳踏車走。

這時，她看見前方迎面走來的人影，小聲地「啊」了一下。

金屬球棒和單眼皮，是柯一龍這個人的標準配備，他發現她時，也顯得訝異。

那一戰之後，兩人除了在學校話不投機半句多地照面外，幾乎沒有交集。現在在校外碰面了，反而更加尷尬呢！

妙的是，他們也不閃躲，直勾勾盯著對方的臉直到擦身而過。

洛英往前走幾步，這才發現冰棒沿路淌水，趕緊將它拿到嘴邊。不意，聽見後面有人叫她名字。

「孫洛英。」

她回頭，見到柯一龍已經面向這裡，本能地擺出「想打架嗎」的預備姿勢。

「幹麼？」

「妳現在有空嗎？」

她暗忖一下，又問：「有空又怎麼樣？」

柯一龍將球棒負到肩上，泰然自若，「我們現在要練球，可是投手感冒了，要不要代班一下？」

她皺起眉，用戲劇性十足的語調，「啊？」

他還是老神在在，「陪我們練球，現在，要不要？」

「你有沒有搞錯？我們可是敵隊的喔！」

「哪有？妳又不是孫洛欽那一隊的隊友，更何況妳和我是同校的。」

呃……這理由真不錯。

柯一龍乘勝追擊，嘴角挑釁似地彎起來，「孫洛欽總不會因為妳和我們一起練球就輸掉明天的比賽吧？」

「哈！我弟雖然比我弱那麼一點點，但也不至於那麼丟臉。要練球是吧？走！」

當柯一龍將洛英介紹給隊友時，大家還當他開玩笑。可是等到洛英正式上場投球，便叫那一干人通通甘拜下風地閉嘴了。

洛英直來直往的個性很快和大家打成一片，和柯一龍的投打練習也出奇地有默契，這次練球玩得太愉快，等她終於注意到自己全身髒得要命，這才警覺大事不妙。

完蛋！本來預定是要買裙子而已，結果今天在外頭蹓躂一整天，還把全身弄得像掃過煙囪一樣，媽媽一定會大發雷霆啦！

她已經不敢想像回家後的下場，步履蹣跚地走向腳踏車，又聽見有人在叫她。

「我送妳回家吧！都四點多了。」柯一龍跑到她身邊，他也沒乾淨到哪兒去。

「四點多又怎樣？又不是晚上。」

「不行，我們家是不准讓女生自己一個人回去的。」

她覺得新鮮，笑出來，「哈哈！這是哪門子的家規啊？」

他跟著輕輕笑，嗓音意外溫柔，「我有三個姊姊，家裡的男女比例是二比四，常常被壓榨，所以讓我載妳回去吧！怕我知道妳家在哪裡的話，妳可以在附近就叫我停車。」

洛英遲疑一會兒，就只有一會兒，便爽快地跳上腳踏車後座。這柯一龍今天突然沒那麼討人厭了，相反的，他感覺還挺穩重的，至少和浮躁的禹承相比，是成熟多了，當然那得撇開假情書事件而言。才這麼想，便聽見負責騎腳踏車的柯一龍這麼道歉，「對不起啊！情書的事。」

「幹麼沒事舊事重提？」

「我可是一直放在心上。」

「不是說好扯平嗎？」

「那是妳故意讓我，別把我當傻瓜。」

洛英低頭瞧瞧自己懸空的腳，嘀咕，「沒把你當傻瓜啊！」

柯一龍回頭瞄她一下，「那就當朋友吧！」

她笑了，「好啊！」

「不過保險起見，還是先確認一下，妳沒男朋友吧？」

她奇怪地歪個身，「沒有，跟那有什麼關係？」

「跟有男朋友的女生打交道很麻煩，男朋友三不五時就會疑神疑鬼，很累。」

柯一龍似乎有切身之痛，洛英點點頭，跟著附和，「怎麼那麼小家子氣？朋友就朋友，單單純純的。幸好那種以小人之心度君子之腹的傢伙是少數。」

他猛然煞車，不敢置信地回頭，「妳說反了吧？那種現象是大多數，妳和胡禹承才是少數。」

「啊？為什麼把我和禹承扯進來？」

他不語，評估一會兒，姑且相信她是真的毫無自覺，「我就當妳是屬於特別遲鈍的那一種人好了。妳和胡禹承整天打情罵俏，大家都看在眼裡。」

她蹙起眉心，有點惱羞成怒，跳下車，「我不喜歡你這麼說。」

「妳不想聽實話，我就不說。」

「我和禹承真的是朋友。」

洛英倔強抿著嘴，柯一龍不予置評，牽著腳踏車繼續往前走，「我剛剛說的那些大多數人也是用這種話催眠自己。」

她正想追上去反駁，驀然間，撞見對街的一輛公車剛剛駛離，原本被擋住的兩個人影也逐漸現身，她驚訝地微微張開嘴。

柯一龍發現後方沒了動靜，停住，回頭問：「怎麼了？」

洛英望著對街人影，望得投入，動也不能動，直到他走回來，視線跟著尋找，才補捉到禹承和趙友蓉正站在對街親暱交談。

趙友蓉果真和預想的一樣，穿上高雅又飄逸的米白色洋裝，當她對禹丞展露迷人笑靨時，女神光芒就連相隔一條馬路的洛英都覺得耀眼萬分。

「說曹操，曹操到。要過去找他嗎？」

「不用了。」洛英笑笑，推著柯一龍的背向前走，「人家今天在約會，現在肯定離情依依，幹麼去當電燈泡？」

「呵！不知道是誰剛剛還在保證真的是朋友。是朋友的話，過去哈啦幾句也沒關係吧！」

「不行！不要！」

她的聲音霍然尖銳起來，推他的力量也跟著加大。柯一龍不禁納悶，擔憂看著她。洛英不再用力，她低垂著頭，把自己藏在他身後，顫抖著聲音要求，「拜託，不要去。」

到底是不希望胡禹承發現自己，還是她不想見到他呢？

真的是朋友，真的是朋友，真的是朋友……

她在進退兩難的難堪中，不得不一遍又一遍地催眠自己，否則，方才已在腦海中牢牢嵌入的畫面……怎麼也揮之不去。

「也許，接吻吧！」

當時禹承那雲淡風輕的預測，根本不是隨口說說而已。

第四章　去盡頭看看吧

暑假結束，升上高中二年級後，正式分班。

禹承依照先前和家裡的約定，進入醫科班，洛英則是普通班的社會組。

難得同班的一年，熱鬧的夏天過去之後，又分開了。

洛英的生活和以往比較起來沒什麼太大差異，洛欽升上高一，和她同校，也和柯一龍同屬一個球隊了，大概就是這一點不同。

禹承就不一樣，除了學校的資優課輔之外，一週有四個晚上得去補習，每天行程滿檔，能和他見上面的機會一下子銳減許多。

偶爾在學校遇到，也是洛英遠遠望著禹承和友蓉並肩走過，然後將自己藏到他視線的死角。

拉開的距離，對她來說忽然成為得以喘息的空間，至少那個接吻畫面的重播率不至於那麼頻繁。

她知道自己怪怪的，不曉得該怎麼在禹承面前表現得和往常一樣，愈是想自然，就愈來愈不自然。有些事，就算再怎麼努力，似乎也回不到原點。

也許距離拉遠一點，時間拉長一點，就會證明在那個炎熱夏天所萌生的強烈悲傷是她的錯覺。洛英是這麼打算。

然而，某天放學，洛英停住腳步，對於出現在前方的人影感到訝異。

禹承側背書包，站在她會經過的樓梯口下方，一看就知道是刻意在那裡等待，不多久他也發現她滯留原地的身影，揚起嘴角。

還想下定決心保持距離的，怎麼這麼快就破功了呢？洛英慢吞吞走上前，給他一個僵硬的微笑。

睽違兩個多月都沒能好好聊上話，今天一起回家的路上反而顯得無話可講。

最後是洛英先受不了這樣的僵局，瞄他一眼，終於在堤防上開口，「你不用補習啊？」

「蹺課。」

「咦？可以嗎？」

他假意想了一下，又調皮地笑，「現在不就蹺了？」

禹承陽光的笑臉，令她下意識轉開目光，「那，也不用跟學姊回家？」

「……暫時不用。」

「為什麼？」

「吵架。」

一提到那兩個不愉快的字眼，他收回方才的輕鬆態度。洛英小聲抱怨，「什麼嘛！跟學姊吵架才想到要等我放學……」

「嗯？妳說什麼？」

「沒有。」她發現馬路上拎著球袋的柯一龍，和他四目交接，揮揮手，「我弟沒跟你們一起？」

柯一龍也大聲喊過來，「值日！晚一點才會過來。」

說完，他瞧瞧禹承，曾經互毆過的兩人在這電光石火的一眼當中擦出了某種不可言喻的火花，隨後柯一龍又對洛英笑笑，走了。

等柯一龍離開，他們又繼續走，禹承沒頭沒腦吐出一句話，「想當初我為了妳揍那傢伙，結果妳反而跟他要好起來？」

洛英定睛在他臉上一會兒，用食指指住他又指住自己，說：「閣下的意思是，因為你揍過他，所以我不能跟他當朋友，是這樣嗎？」

「這個……也不是那麼小氣的意思……」

「那就好。柯一龍沒那麼壞啦！他有時候講話挺像大人的，你們好好相處之後就會知道。」

「我為什麼要跟他好好相處？又不認識。倒是妳，」他再度停住，一面歪頭打量她，一面用掌心按壓她頭頂，「是不是瘦了？還是變矮縮水了？還是……總覺得太久沒見，有哪裡不太一樣。」

「哪有？我還是跟以前一樣。」

她著急閃躲，卻被禹承抓住一綹頭髮，他像發現新大陸一樣驚喜，「頭髮！妳頭髮變長了！我記得以前這樣拉，長度從沒超過下巴的，妳想通決定留長頭髮啦？」

並不是刻意下定決心，而是不知不覺地想看看頭髮變長的樣子，想知道禹承見到她長頭髮的表情。

「懶得剪而已，可能後天就會去剪了。好痛，不要再拉了！」

「不要剪啦！我想看妳頭髮留長的樣子，留到腰吧！不然起碼要能紮起馬尾，女生綁馬尾看起來不是很清新健康嗎？」

洛英端出鄙視的姿態告訴他，「你這個人的要求還真是既龜毛又自我中心耶！」

「唉！我現在唯一的生活樂趣，大概就剩下跟妳打屁聊天而已，讓我任性一下有什麼關係？」

她登時接不上話，只能垂下眼，為了這句話開心，也為了它傷感。

「我看你啊……早點跟學姊和好，生活就不會那麼無趣了。」她歇一歇，見他再度臭了臉，不禁探問，「話又說回來，你們為什麼吵架？」

禹承原本不願意說，自己憋不住，最後一五一十地招了。

「她不喜歡我老是找她出去玩，說她已經高三，又說醫科班不是輕輕鬆鬆就可以念的。可是正因為不輕鬆，才想要放鬆、想要紓解壓力啊！這有錯嗎？每次見面都要念書，多沒意思。」

「喔，也就是說，你想出去玩，可是學姊不想跟你出去玩。」

「喂！這麼嚴肅的問題，妳不要講得好像是三歲小孩的事好不好？」

「哈哈！本來就是這樣嘛！好啦！別鬱卒了，我請你吃冰，等我一下。」

她蹦蹦跳跳地下堤防，跑去買兩支霜淇淋。禹承留在堤防上注視她的一舉一動，直到她又笑嘻嘻跑回來，將一支霜淇淋遞向他。

「好懷念……」

他微微一笑，洛英以為說的是霜淇淋，跟著附和道，「對呀！好久沒吃了，不過，現在也不是吃冰的季節喔？」

禹承暗自收回想說的話，事實上他也不明白懷念的是什麼，不全然是霜淇淋而已，或許還有走在這條路上的舒服感覺和洛英舒服的笑容吧！

他們一面吃霜淇淋，一面走，這道堤防很長，他們總是走不到一半的距離便下去，繞進馬路另一頭的岔道。

這一次，禹承在走下堤坊之前，曾經停下腳步面向遠方一陣子，洛英發現他沒跟上，走回來。

「怎麼了？」

「我們從沒走到盡頭過，對吧？」

「我們家又不在那裡，而且盡頭好像很遠呢！從這裡根本看不到。」

洛英拚命踮高腳，伸長脖子，禹承對她可愛的模樣笑了，接著眺望那看不見的盡頭。

「正因為看不到，所以更想知道那邊會有什麼，可能會通到很棒的地方也說不定。」

「你為什麼突然這麼感性？很棒的地方啊……可能會有喔！」

秋日的夕陽就像打翻染缸，把四周的天空一起染紅了，亮光從天空內部穿出，又延展到雲層。那光，像一線希望，透進他晦暗的心裡。

他們並肩站立，一起凝視那片嫣紅美景。

「洛英，我們哪一天……去盡頭看看吧！」

儘管禹承和友蓉在吵架後第五天又言歸於好，但在高二下學期中，還是閃電分手了。這段戀情幾乎眾所皆知，所以分手的傳言也在校園裡引起軒然大波，到底是誰甩誰、分手的理由是什麼，那陣子成為學生們茶餘飯後的話題，直到學期快結束才漸漸退燒。

洛英第一時間就知道了，禹承在一個晚上打電話給她，簡單提了一下，之後就沒再跟她聯絡。

她為禹承擔心，每次在學校見到他都是低氣壓的樣子，很想上前關心幾句，可是洛英在戀愛方面的經驗值是零，絞盡腦汁卻連開口的第一句話都想不到。

那個時候，她還沒察覺到禹承為什麼會說出「想去盡頭」的那種話，不單是感情不順那麼簡單而已。

有一天，洛英帶著班上同學資料要到辦公室，路經保健室時發現柯一龍在裡面。

他右手手肘有一道長長擦傷，不熟練地用左手塗藥，見到洛英才暫停動作。

「老師不在嗎？」她環顧四周。

「不在。」

他繼續塗藥，不怎麼順手的模樣。洛英站著旁觀一會兒，拉張椅子在他面前坐下，

「我幫你啦！」

柯一龍還在遲疑，她已經先一步搶走他手中的棉花棒，要他把手伸直一點。

「滑壘的時候掛彩的？」

「妳怎麼知道？」

「知道啊！我和洛欽也經常有這樣的傷。」

所以處理傷口也駕輕就熟。柯一龍安靜注視她認真的神情，真好看，不管是細膩的手勢也好，表情也好，都讓人不自覺看得出神，就連保健室充斥的藥水味也變得芬芳起來。每當這份心情浮現，他就後悔當初寫了那封假情書給她。

雖然那封情書是假的，可是信裡所提到的心情，每一天每一天，逐漸成真。不知何時開始，他會在校園裡尋找洛英的身影。同時段的體育課，視線經常追隨她輕盈又姣好的身形活躍在運動場上。在走廊擦身而過之前，心裡總有好幾次想開口喚她的天人交戰。

他總是後悔著，那封情書來得過早。

由於柯一龍太安靜，洛英奇怪地抬起眼睛，他連忙扭過頭去，正好看到那疊學生資料，第一張就是洛英的。

「妳爸是孫道威？」

「嗯？」她跟著瞧資料上寫的家庭成員那欄，「對呀！又怎樣？」

沒想到柯一龍的反應吃驚得過頭，「是那個曾經在世界盃完封過荷蘭的孫道威先生？」

她停下手，對於那個「先生」的尊稱皺起眉頭，「是啊！又怎樣啦？」

柯一龍嘴巴張得老大，震驚之餘，突然用力反握住她雙手，「拜託！幫我要他的簽名，我超崇拜他的！」

洛英先呆呆地任由他把手握得發疼，後來迸出大笑，「哈哈哈！你太誇張了啦！我爸哪有甚麼好崇拜的，他老早就退休，現在在國中當體育老師，在我們家存在感超弱的。」

誰知柯一龍反而義正詞嚴地糾正她的說法，「在我心目中，孫道威先生是最棒的投手。不管是在球場上的運動精神，或者是他神乎其技的投球手法，現在找不到第二個了。」

「喔……」她聽得一愣一愣，圓呼呼的眼珠子轉到下方，他們兩人的手還緊緊相握，「你直接到我家要簽名就好啦！手，會痛耶！」

柯一龍望了望她，並沒有立刻鬆手，反問：「沒有覺得臉紅心跳？」

「我為什麼會覺得臉紅心跳？」

她直挺挺地和他面面相覷，讓他無語地放開手。洛英拿起紗布繼續處理傷口，然後隨口問起一個問題。

「欸！你失戀過沒有？」

他嚇一跳，手晃了一下，害洛英將紗布貼歪，她「啊」一聲，輕輕把紗布撕下來，嘴巴還不忘記追問：「到底有沒有啊？」

「妳還真是直接耶！跟妳投球一樣，直來直往。」

「不能問啊？」

嘖！她都這樣大剌剌了，再質疑反而顯得自己彆扭。柯一龍乾脆連次數都先招出來，「有，兩次。」

「哇！」洛英投以崇拜的眼神，好像那是多麼了不起的事，「那，你會希望自己獨處，誰都別來問東問西，還是會希望好朋友過來關心你、陪你一陣子？」

他很快就曉得她指的是誰，「每個人的情況不一樣，憑你們這麼多年的交情，還需要問嗎？」

「因為擔心會弄巧成拙，而且我們高二之後就沒像以前那麼常見面……會怕啊！」她暫停一下，先把繃帶一圈圈地纏好，再度探身要求，「如果是你失戀，會希望哥兒們怎麼做？給點意見嘛！」

哥兒們？瞧她明眸圓睜的萌樣，真想不透在胡禹承眼中到底是怎麼把她當成哥兒們。

「如果是妳，就算什麼都不做，只要待在身邊就可以了。」

洛英依然半信半疑，沉思半晌，說：「從以前到現在，禹承喜歡上好多女生，不過這是他第一次和女生正式交往，所以應該很重要。就算知道他一定會難過，可是又不曉得究竟是怎麼樣的難過，失去喜歡的人和失去喜歡的物品相比，肯定是不一樣的感受。喜歡一個人……大概也必須將一部分的心交出去吧？我完全不懂，沒辦法像以前一樣跟他站在同一個陣線上。」

見到她失落的神情，柯一龍嘆口氣，用擱在桌上的手撐住後腦杓，悠悠哉哉，「放心吧！等妳將來會臉紅心跳的時候，一定就能懂得失去喜歡的人是怎麼個痛法。」

她聽得更糊塗了，「搞什麼啊？愈聽愈不知道該怎麼辦。」

「是妳的問題本身太沒建設性，我又不是胡禹承，問我也沒用吧！」

「因為你們都是男生才想問你的，虧我還好心幫你包紮呢！」

她作勢要撕掉他手肘上的繃帶，柯一龍機警閃躲，害她一骨碌跌進他胸膛。

他怔怔，洛英隨即爬起來，從桌上抓起一枝奇異筆，另一隻手用力將柯一龍的手拉過來，頑皮地在上面畫出一個又大又醜的鬼臉。

柯一龍看看繃帶上的鬼臉，再看看笑得開心的洛英，「我問妳，剛剛妳有沒有那麼一點點臉紅心跳的感覺？」

「啊？」她當他剛剛講了外星語，「所以說，我沒事幹麼臉紅心跳？」

「算了，跟妳簡直是雞同鴨講。」

他們的打鬧隨著窗口透明紗簾的飄動若隱若現，有那麼一剎那，禹承真心希望簾子不要落下。當它在風中飄揚起來，會遮掩住許多東西，比如保健室牆上掛的視力表，比如那兩人幾乎同一時間綻放的笑臉，比如前一分鐘心裡那琢磨又琢磨才曇花一現的勇氣。

那道紗簾形成洛英所不能了解的無形隔閡，在他們中間揚起，又飄落。

洛英在聚滿學生和家長的走廊賣力穿梭，一來到稍微淨空的空間便開始奔跑，直到抵達音樂班教室才快速打住。

她不費吹灰之力便在畢業生中找到趙友蓉耀眼的身影，四周還有許多氣質非凡的仙女學姊，這裡的境界不是她這個凡人所能夠輕易朝聖，連她自己都覺得格格不入。因此洛英在門口趕緊整理一下頭髮和制服，友蓉在同一時間發現她，笑盈盈起身朝她走來。

「學姊，恭喜妳畢業。」即使不是第一次交談，洛英還是好緊張。

「謝謝，還有，謝謝妳特地跑一趟。到外面等我一下好嗎？」

洛英點點頭，退出去，四下張望，好不容易才找到一小塊清淨之地，不久，趙友蓉捧著一個鞋盒大小的紙盒出來，慎重交給她。

「麻煩妳交給禹承，這是……」她歇一歇，決定不解釋了，「他看了就會知道。」

「好。」

洛英抿抿嘴，沒有馬上離開的意思。想問的事情很多，大部分都是她明知不該過問的。趙友蓉見她猶豫的模樣，猜出一二，偏偏她也沒主動澄清的打算，反倒細細瞅著她，彎起嘴角，直到洛英感到納悶，才說：「我們雖然不很熟，可是我總覺得對妳的事一清二楚。」

「一清二楚？」

「嗯，因為禹承和我在一起的時候，經常說著妳的事。」

她小嘴微張，不知所措地忐忑不安。趙友蓉轉而面向操場，雙手靠在扶欄上，望見了人群中的禹承，卻什麼也沒說，只是愜意聊起自己的想法，「有時候會想，要是我和你們同年紀就好，那麼一來，一定會比現在更喜歡你們，更覺得再無聊的事也值得義無反顧地去做。」

「學姊不喜歡禹承嗎？」

「喜歡呀！可是還沒喜歡到可以和他站在同一個位置去面對這個世界。對我來說，禹承太幼稚了，眼光短淺，不懂得為將來好好打算。」她觸見洛英一臉難過，笑一笑，「如果我現在還是高中二年級，我想，一定會有不同的想法。不過，人都是要往前看的對不對？想這些不可能的事只是浪費時間。」

「那個，也許禹承現在還沒有為將來打算的準備，可是他為了讓學姊高興，做過很多努力，那都是妳不知道的，真的！」

對於洛英的熱心，趙友蓉的反應依然沒有太大起伏，她沉默一會兒，才淡淡地說：

「兩個人在一起，不是只顧著高高興興就夠了啊！」

到最後，洛英還是不清楚禹承和學姊分手的導火線是什麼，也許是她太常出現在他們的話題中，也許是他們在不對的時間點相遇，但無論如何，趙友蓉似乎不願意讓她了解太多。

洛英想，她永遠也不能明白當初禹承花了兩百多個日子追求，為什麼最後能夠在電話中用淡漠的幾句話作為這一切的句點。學姊決定不留戀過去的神情，又為什麼會掛著遺憾的微笑？

「啊！對了，學姊。」本來已經離開，洛英又三步併兩步跑回來，「請問妳有沒有垃圾車……不是，有沒有〈少女的祈禱〉這首曲譜？」

「有啊！你要哪一種譜？鋼琴的？小提琴的？直笛的也有喔！」

「鋼、鋼琴的！」

趙友蓉覺得新鮮，大方答應她，「那麼，星期一帶來給妳。」

「謝謝學姊！」

洛英懷著高興的心情離開，穿越一整排三年級教室，奔下樓梯，跑過方才禹承路過的操場。

不知怎的，心情霍然轉為晴朗，大概是因為禹承和學姊不再交往，她也不用多所顧忌的關係。還有，學姊交給她的這一只紙盒，也讓洛英有了和禹承見面的理由。

晚上，洛英的好心情還像不肯下山的太陽，雀躍地來到禹承家門口，沒想到走來的禹承卻籠罩著愁雲慘霧。

洛英擔憂地近前打量他，「你怎麼啦？黑眼圈耶！而且你變瘦了吧？」

他別開臉，不想被她品頭論足，「沒事啦！念書念得比較晚而已。」

「晚是多晚？十二點？」

「兩點。」

她嘴巴張得更大，「太誇張了吧！又沒有大考，幹麼那麼拚？」

他顯得心浮氣躁，「我跟妳不一樣，醫科班就是要這麼拚，找我到底有什麼事？」

禹承的冷淡一下子澆熄洛英的熱情，她小心翼翼遞出那個紙盒，「這是學姊要我交給你的。」

他愣一下，躊躇一會兒才將紙盒接過來，卻沒有立刻打開。

「她有說什麼嗎？」

「咦？」

「算了，說了什麼也不重要了。謝啦！」

進屋前他給她一個淡淡微笑，卻是喪氣的神色。

等等，就這樣？碰了一鼻子灰，洛英大受打擊，好不容易見到面，以為不會再那麼生疏，沒想到和他之間的距離反而大如鴻溝。

她洩氣地踱著步，忽然聽見後方有人叫她名字，原來是禹承的媽媽從家裡追上來。

她們在冷清的路口寒暄幾分鐘，禹承媽媽才說明來意，「妳知道我們家禹承在學校交了女朋友吧？現在……他們分手了嗎？」

似乎是特地來確定他們已經分手的事實，得到洛英肯定的答案之後，她才放心。接著，禹承媽媽嘆出一大口氣，托著下巴顯得好為難，「那孩子最近很難懂，根本不知道他在想什麼，想跟他好好談一談，他總是很不耐煩的樣子，什麼都聽不進去，可是不唸他又不行。他自從交女朋友之後，功課退步多少妳知道嗎？」

洛英搖搖頭，不好意思說其實自己也有好一陣子沒和禹承聊聊他的近況了。於是，在微弱的路燈下，禹承媽媽一口氣傾訴一堆他失常的表現，包括蹺掉補習班的課、晚歸、頂嘴，怎麼聽都是叛逆期會做的事。

「當初說好要考上醫學院，可是以他目前的狀況根本比登天還難，所以，他爸爸就要他跟女朋友分手……」

禹承媽媽話還沒說完，就被洛英誇張的疑問聲打斷。見她目瞪口呆的，禹承媽媽無可奈何地解釋，「沒辦法啊！只顧著交女朋友，功課卻丟在一邊，這樣怎麼行？坦白說，我也認為禹承還是要先以學校功課為主，要談戀愛，等上大學再說也不遲，對不對？」

洛英無好無不好地頷首，暗暗為了原來禹承才是提出分手的人感到意外。

禹承媽媽接著牽起她的手，誠懇拜託她，「洛英，我知道禹承跟妳最要好，他這個年紀，聽不進父母的話，但是好朋友的話就不一樣了。有空妳勸勸他，想做什麼事等考上醫學院再說，現在功課最重要，拜託妳了。」

被委以重任，道別後，洛英用更緩慢的步伐走回家，要她勸禹承，她沒有把握。如果是十七歲前的禹承，她可以不假思索直接到他面前好好對他說教一頓，但是現在，許多事都變得出乎意料的現在，洛英一點自信也沒有。

她再度回頭望望胡家的醫院，熄了燈的建築物猶如怪物一般安靜棲息著。

「迷宮……好久沒去探險了呢……」

回到房間的禹承直接走向書桌，順手將紙盒扔在床上。他低頭看了一會兒書，放下筆，轉向床鋪。那個紙盒有點傾斜，但是盒蓋並沒有打開，依舊原封不動。他靠著椅背靜靜看到出神。

大家都說要振作，自己也曉得不振作不行，可是，「振作」到底是什麼？

九月初，他們升上了就學日子以來最壓抑的高中三年級。

就連個性大而化之的洛英也開始吃不消，每天回家都累得像頭牛一樣。她在玄關丟下沉重書包，直接往沙發上撲去。洛欽趕緊往一旁閃，同時不忘手上打得正精采的電玩。

洛英閉目養神半晌，又睜開眼瞧他一副閒閒沒事的樣子。

「你不用寫功課啊？」

「嗯？等一下再寫，那個很快就可以搞定。」

她呿一聲，爬起來坐好，呆滯地面對螢幕火光四射的戰鬥場面。洛欽打到一個段落，放下遙控器，探身從書包找出一封信丟給她，「我們班上女生給妳的。」

「咦？」洛英已經猜到那是什麼樣的信，哎哎叫，「怎麼又來了？又說要當我乾妹妹對吧？」

「大概吧！拿去啦！」

「不要幫我拿這種信回來嘛！我都不知道該怎麼辦。」

成為學姊的洛英，模樣英氣逼人，非常有男子氣概，又是模特兒身材，在一群小女生當中是高人氣的崇拜對象，經常收到要求認她當乾姊姊的「情書」。

洛欽幸災樂禍著，「好可惜，如果寫信給妳的人當中有男生就好了。」

她用腳踹他一下，然後咧開賊兮兮的笑，「有勞你總是幫忙當郵差，你姊姊我今天剛好也可以回敬你一封『正港』的情書！哇哈哈！」

洛英從書包掏出一封信，在空中揮了揮，洛欽「砰」地倒在沙發上，「幹麼幫我帶回來啦……」

「拿去！好好地回信喔！」

洛欽是學校的王牌投手，女生粉絲不少。洛英坐回沙發，將那封信蓋在洛欽臉上，只聽到他困擾地咕噥，「很煩耶！收到這種東西，怎麼回都不對。」

「你這種煩惱還挺欠揍的。」

洛英懶得理他，拿起電玩遙控器，玩起下一個關卡。洛欽半死不活地癱了一會兒，重新坐好，提起不相干的事，「對了，姊，妳最近有沒有跟禹承哥見面？」

她沉默一下，才說：「沒有，那傢伙不太理人。」

每次見面，總是不耐煩的樣子，總是不正眼看她，總是……距離很遠。

「我前天看到他從網咖走出來，跟一群不是善類的學生在一起。我覺得他再這樣下去不太好。」

洛英還是打著電玩，遙控器按不停，畫面中的機關槍淨對著無人的牆壁拚命開火。她很無力，而且感受得到禹承一定也很無力，明明想忘記一切，重新來過，卻找不到重新啟動的開關在哪裡。

有關禹承的負面傳言不少，他連學校的課也蹺了，學會了抽菸，有幾次考試還故意交出白卷。

墮落的速度似乎比重新振作的速度快很多，什麼也抓不住地往下掉。

有一天，洛英乾脆在他教室門口堵他，他只怔一下，便繞過她逕自下樓。

「你今天一定要告訴我，幹麼都不理我？我得罪你了嗎？你連話都不肯跟我說，所以我完全不記得我們什麼時候吵過架！你要不要趁現在好好講清楚？」

洛英勢在必得地尾隨在後頭，從教室門口一路凶巴巴追問到校門，禹承要她「不要跟著我」、「沒有什麼好說的」，還是甩不掉她。

校門外有兩三個外校生正在等禹承，應該就是洛欽口中所提到的「不是善類的學生」，他們痞痞地向禹承打招呼。

「走囉！今天再去吧！」

不料，洛英惡狠狠地瞪住他們，大聲嗆，「你們沒看到是我先找他的嗎？到後面排隊去！」

他們嚇一跳，面面相覷，其中一個豎起小指朝禹承竊笑，「你馬子喔？好凶喔！」

「馬你頭！你要不要在你媽面前這樣說一遍？」

她還是凶得要命，那些人不高興了，其中一個往她走來，卻被禹承擋在她面前。

「你們先走啦！我跟她講一下就過去。」

當他們悻悻然走開，禹承才生氣地轉身，「幹麼啦？到底要我說什麼？」

洛英突然變得安靜，剛才的氣勢只是為了留住他，順便趕走那些狐群狗黨。良久，她才任性地要求，「我要你說，你會好好地來上學，會乖乖地回家，還會跟以前一樣……和我說話。」

禹承神情凝重，一度想開口，後來又放棄。

洛英走上前，伸手將他的身體扳向自己，那一刻聞到隱隱約約的菸草味。

好陌生的味道。

「是因為跟學姊分手的關係嗎？故意變成這樣是因為學姊嗎？」

他不語，緊抿著唇，抗拒這樣的關心。

「說點什麼吧！你把別人都推得遠遠的，誰會了解你呀？完全搞不懂啊！」

「妳根本不會懂！像妳這樣自由自在過日子的人怎麼會了解？」他突然憤怒地發洩出

來，用力甩開洛英的手，「我們現在十七歲，可是我往後十年、二十年的路已經被設定好了！要念什麼學校、要做什麼職業，這些通通都定案了！好不容易喜歡上的女生也要分手，生病不想念書的時候說我裝病，每次看到我，只會問『書念得怎麼樣』。總是說為我好……我看他們在乎的不是我，而是我前途吧！我不知道現在應該為了什麼努力，反正我的人生都已經被決定好，努力還有什麼意義？擺爛和振作，差別到底在哪裡？」

「……可是，現在什麼都不想在乎的禹承，很叫人擔心啊……」她也不反駁，而是傷心望著他的臉，「就算你不相信伯父、伯母擔心你，可是我真的很擔心啊！」

她的注視令他難受，是一種受到責備，又受到安慰的難受，心好痛，他討厭洛英使他心痛。

「別再管我了。」

放棄一切的語氣淡漠，淡漠得她什麼也攔挽不了，只能無能為力目送禹承離去。

雖然想說點鼓勵的話，可是心底深處清楚，對於失望的人而言，「希望」只是一個落井下石的名詞。

冬天腳步近了，寒意一天天加深，怕冷的洛英幾乎每天圍巾手套不離身，全副武裝去上學。這幾個月，上下學的路上已經遇不到禹承，她孤單地踩過長長堤防，偶爾洛欽和她同路，卻在不經意時喃喃自語，「不知道禹承哥現在怎麼樣了……」

她的目光隨著口中呼出的霧氣緩緩上抬，寒風凜冽的天空底下什麼答案也沒有，多年來最要好的朋友宛如這陣白煙，輕輕地、不知不覺地……消失了。

當晚吃過飯，洛英正幫忙把碗盤拿到水槽給媽媽，客廳的洛欽大聲喊她聽電話。

「是禹承哥的媽媽耶！」他一面說，一面將話筒交給洛英，還一臉訝異。

洛英接電話前還在猜測是不是又要她幫忙勸說之類的，誰知才出聲，禹承的媽媽立刻開門見山，「洛英，妳今天有沒有看見禹承？他有去學校嗎？」

「啊？這個……」平常都見不上面了，又不是只有今天，「沒看到耶！怎麼了嗎？」

沒想到電話那一頭哭出聲，把洛英嚇壞了，慌慌張張詢問原因。禹承媽媽試著恢復平靜，可是言語之中還是夾雜啜泣。

「禹承昨天又跟他爸吵架，這次吵得很凶，雖然說的是氣話，可是他爸爸講得太過分了。他對禹承說，如果他將來不能當醫生，那養他做什麼……之後禹承就跑出去，從昨天晚上一直到現在都還沒有回來……」

「咦？離家出走嗎？」她吃驚大叫，使得洛欽好奇地探頭觀看。

禹承的媽媽邊哭邊講，「我問過他的朋友和老師，都沒有人見過他，該找的地方也找遍了。我想再問問妳這邊有沒有消息，如果還是沒有，等一下我們應該就會報警……怎麼會這樣……怎麼會這樣……」

「我、我也幫忙找，胡媽媽妳不要擔心，有消息我就給妳電話。」

掛了電話，洛英緊急向父母說明來龍去脈，然後推洛欽一把，「喂！分頭去找！」

外頭天色已黑，姊弟倆分配好負責的地區，各自騎著腳踏車出門。

「居然離家出走？沒邀我？不對，不對，不是說這個的時候。」

她使勁踩動踏板，找過學校，找過禹承和學姊所有約會過的地方，跟無頭蒼蠅一樣在市區胡亂晃，最後靈機一動，直奔胡家的大醫院！從小到大在那裡玩過無數次捉迷藏，禹承習慣躲藏的地方她一清二楚。

洛英快步跑上樓，推開頂樓鐵門，繞到水塔後方，漆黑的一隅只有冷風呼嘯而過。

「沒有？」

她喘著氣，希望落空，也頓時沒了頭緒。如果連這裡都找不到人，就真的不知道還能上哪兒去找，禹承該不會到他們沒人想得到的地方去了吧……

洛英不由得著急起來，心中的不安也跟著加劇，甚至開始揣測各種糟糕的情況：加入幫派、吸毒、自殺……她的胡思亂想把自己嚇到心跳都快停止了。

「為什麼要這樣？離家出走是可以走去哪裡？他媽的大渾蛋！」

罵著罵著，洛英來到女兒牆前，高高的頂樓，這個小城鎮的夜景一覽無遺，遠方有一列長長的燈光直線滑行，是火車，從這個城市到下一個城市去，禹承該不會也搭上那樣的列車吧？

紊亂的呼吸慢慢調勻，洛英也逐漸平靜下來，她望著遠方，望呀望的，有點想哭的衝動，禹承，去哪裡了呢？

洛英，我們哪一天……去盡頭看看吧！

她睜大眼！昔日呢喃的嗓音拂過耳畔，隨著頂樓上的風盤旋而去。

「堤防……還有堤防！」

新的可能性靈光乍現，洛英立刻轉身離開醫院，再度騎著腳踏車朝堤防前進。

那裡在夜晚格外冷清，長堤上佇立著一整排路燈，一盞盞朝看不見的盡頭延伸過去。靜謐的冬夜，被刺耳的煞車聲劃破了。在那陣急促的腳步聲接近前，坐在地上的禹承回頭，看見頭髮被風吹得凌亂的洛英，輕輕扯開一抹滄桑的笑。

「不知道為什麼，我總覺得……如果真的會被誰找到，那個人也一定會是妳呢！」

她走上前，握緊手，雙眉揚高，「你不要對我笑，我可是很生氣的，氣到想痛扁你一頓！」

他收斂起來，面向沒有燈光的前方，這裡就是堤防盡頭，離火車的軌道不遠，地上的水泥建築只到這邊便止住，留下一道階梯直達下面的荒煙蔓草。

「再不離開那個家和學校，我覺得我快沒辦法呼吸了，讓我逃開一下有什麼關係？」

「所以你逃到這個鬼地方嗎？然後呢？胡禹承，你睜大眼睛看清楚，這裡才不是什麼很棒的地方！什麼也沒有！逃避的人不管到哪裡去，什麼也不可能得到！」

「不要連妳都對我說教。」

「才不是說教，我只是把事實說出來，你自己一定也很清楚，只是故意裝傻！」

她不留情的話語刺激到他，禹承憤怒站起來，發起脾氣，「妳不要裝作什麼都懂！妳不是我，被擺佈的人不是妳，快被壓力逼瘋的人不是妳，憑什麼教訓我？我偏偏要做一堆我爸媽不准我做的事，妳管不著！」

「少把自己講得那麼可憐！你只是在撒嬌，故意做一堆讓人擔心的事，其實是想看看大家還在不在乎你吧？你渾蛋！」她雙手用力推他胸口，害禹承重心不穩地退後，「做這些事又能怎樣？不做醫生又能怎樣？我們現在才十七歲，不知道未來該怎麼辦也是理所當然的，不是嗎？可是不要逃，胡禹承，你給我好好地待著，十七歲遇到的壓力，到了十八歲就一定會過去，所以你不要逃！不要逃！」

禹承望著她，眼眶有些濕熱，洛英的眼睛看上去也朦朦朧朧的，胸口揪得好緊好痛。有人要他不要逃，要他留下，多麼溫柔的命令啊……

洛英來到他面前，拿走他胸前口袋中的香菸，一手捏皺紙盒，直直看住他的臉，「不要抽菸了，禹承，回家吧！」

他苦澀地開起玩笑，「我一個人在這裡的時候，只有香菸最講義氣地陪我呢！」

她也抿起一道笑意，眼淚卻掉在臉頰上，「可是，如果將來我會活到一百歲，而你只能活到五十歲，那怎麼辦？」

「哈！是啊！妳想得那麼遠啊……」

「笨蛋。」洛英罵他的時候聲音微微顫抖，「你要下定決心活到一百零一歲啊！那個時候一定會覺得十七歲的胡禹承笨得跟豬一樣，竟然還離家出走，竟然會煩惱當不當醫生的問題，竟然害我拚命找你一個晚上……」

她的哽咽剎那間埋入禹承的外套裡。在外頭待了一整個晚上，外套凍得冰涼，不知是不是被這陣低溫嚇到，洛英怔怔的，任由他緊緊抱著自己。

禹承的身體也在微微顫抖，好久，他們之間沒有人先退開。

「妳錯了……盡頭不是什麼都沒有，有孫洛英在那裡啊！」

寒風雖然沒停，溫柔的言語，在孤清的長堤上分外溫暖，她聽著，心上有什麼酸酸地融化了，酸得她眼淚一滴、兩滴地落下。回來的人是禹承，為什麼哭得最厲害的人卻是她呢？

依稀，禹承將她摟得更緊。

彷彿繞了好一大圈，最終還是回到了最想來的地方，這個擁抱，就是那個地方。

離家出走事件落幕後，胡家有了不小的改變。幸好禹承爸媽都是明理的人，檢討過自己教育孩子的方式，花了兩個鐘頭全家敞開心扉溝通，不再勉強禹承未來一定要當醫生繼承家業。

「不過，你有這個潛力，就這樣放棄是有點可惜。」胡爸爸最後還是加註了這句頗有暗示意味的感嘆。

鬧出離家出走這麼嚴重的事，禹承也沒能全身而退，被處以禁足一個月的懲罰，放學後要直接回家，週末也不能隨便外出。

這一次，禹承沒有反抗，沒有怨言，每天乖乖去學校，又乖乖回家念書，菸不抽，酒肉朋友不再找上門，一切又回到過往。鬧過，瘋過，發洩過了。

週末晚上，幫媽媽到超市買好東西的洛英來到胡家外頭，她先抬頭丈量二樓禹承的房間，從地上撿起一塊小石頭，準確投向緊閉的窗戶，石頭輕輕敲擊玻璃窗又跳開。她正準備扔出第三顆石子時，窗戶打開，禹承探出頭，一下子便找到樓下街道的人影。

他用唇語問：「幹麼？」

洛英揚揚手上的罐裝咖啡，作勢要他退後，等禹承照做後，她便使出看家本領，將鋁罐漂亮地投進二樓窗戶。

「靠！」

窗內傳出禹承的慘叫，不久，他一手拿咖啡，一手揉著頭，怨怨地走到窗邊。洛英作出「糟糕」的表情，禹承笑一笑，無聲對她說：「謝啦！」

她仰著頭，也微微笑著，禹承表示自己還得念書，揮個手便把窗戶關上。

胡媽媽來到房門外敲門，問他剛剛大叫那一聲是怎麼回事。

「沒有啦！被參考書砸到腳。」

他隨便扯個謊將媽媽打發掉，重新坐回書桌前，心不在焉將參考書翻了兩三頁後，眼神晃向書櫃上趙友蓉給的紙盒，裡頭有電影票根、八分滿的香水瓶和一些他們交往期間的物品，她全部歸還，當作那段時光不曾有過。禹承收回開始出神的視線，又看兩三頁參考書，托起下巴，不由自主地注視檯燈下的罐裝咖啡。他伸出手，將罐身原地轉來轉去，最後靜止，只是專注凝視上頭的黑字。

罐身壓上有效日期的數字，就跟戀愛一樣。每一場戀愛都有它的有效期限，不過，朋友是永遠的。

朋友沒有有效期限。

洛英回到家，洛欽還漫無目的對著電視轉台，綜藝節目玩起了模仿秀，汽車廣告正播出香檳色的房車翻山越嶺，新聞報導兩名研究生墜谷的山難，偶像劇演到男女主角誤會冰釋後的深情擁抱……

她停住腳，站在洛欽身後觀看，洛欽舉起遙控器又要再轉台，頭冷不防被她推一把。

「喔！妳背後靈啊？什麼時候出現的？」

「讓我看一下，不要亂轉。」

「又來了！奇怪耶！妳平常就不看這個呀！難不成戀愛了喔？」

她一時心虛，將裝滿瓶瓶罐罐的購物袋扔到他身上，「拿去廚房！我要去洗澡了。」

說完，逃也似地跑上樓，關上房門，直接撲進軟綿綿的羽絨被窩。

她第一次被男生那麼抱著，硬邦邦的胸膛和臂彎，很不習慣……

洛英緊緊閉上眼，把臉埋入棉被中。不習慣，可是好舒服，讓禹承暖暖地擁抱時，根本不想離開。

慢慢睜開眼睛，望住掛在衣架上的紅色洋基棒球帽，回想從前相處的點點滴滴，那些她打從心底歡喜的事，總能叫她心跳加速。

她想，她大概、大概……麻煩大了。

禹承的禁足令滿一個月後總算解禁了。他在某一天放學後特地來洛英教室外等候。

他和從前一樣來找她，洛英真心歡喜，腳步輕快地到他面前。

「幹麼？」

「我今天騎車來，陪我去個地方。」

「哪裡？」

他神祕一笑，「盡頭。」

「啊？」

「晚上的盡頭看過了，所以白天的也想看一看。」見她還一副狀況外，禹承將她攬過來，「走啦！我載妳。」

沒作多想的勾肩搭背，卻令洛英悄悄紅了臉，為什麼以前不曾覺得這樣的接觸有什麼？她到底有什麼問題？

禹承帶她去車棚牽車，注意到她脖子上空空的，問：「妳的圍巾呢？」

「啊！」洛英想起來，趕忙從書包拉出一條水藍色圍巾，隨便往脖子上披。

「會掉吧！我們等一下騎車，風吹一吹就會掉。」

「你好囉嗦。」

「萬一掉下來，捲到輪子裡怎麼辦？拿來。」

他看不慣她率性的手法，奪過圍巾，繞過她頸後，開始在她下巴底下打結，「這樣的妳會不會？繞過來就可以了。以前友蓉教我的，學起來呀！」

「嗯……喔……」

她支吾地敷衍，眼珠子呼嚕呼嚕轉向天空，根本沒看圍巾。天啊！好緊張，緊張到想把他一腳踹開……

等她跳上禹承的腳踏車，他又有意見，回頭瞥瞥她的腳，有點無奈，「側坐吧！」

「為什麼？我又沒有穿裙子！」

「妳是女生啊！坐這樣不好看，我才不要載妳。」

真是有夠欠揍的大男人主義。不過洛英還是安分地改成側坐，嘴角洩漏一縷笑意，嘿嘿！被當成女生了。

「既然你承認我是女生，下次我生日，可以考慮送我項鍊啦、手環啦……」

沒等她的白日夢作完，禹承就出聲打斷，「妳在說什麼鬼話？我怎麼可能送妳那些東西。」

「難道你又要像上次去美國那樣，給我一頂棒球帽嗎？我是女生耶！」

「我告訴妳，不管重來幾次，我還是會選擇紅色棒球帽。不是項鍊，也不是香奈兒香水，因為那些都不是孫洛英真正喜歡的。一想到妳收到棒球帽的表情，還有紅色帽子戴在妳頭上會有多好看，就覺得……嗯！在這個世界上，只能選它當禮物送妳了。」

他似乎說了什麼不得了的話，而且還是不像他平常會講的話！儘管不能完全明白那段話的具體意義，洛英還是高興得亂七八糟！

人海茫茫，有人這麼懂她，就覺得能夠遇見禹承是一種天大的幸運。

他們一騎一坐地穿越學生潮，來到堤防，筆直的路騎起來特別空曠舒服，禹承不自覺放慢速度，後頭的洛英看著他的背，能夠感覺到他此刻的心情放鬆而坦然。

禹承的苦惱或許還沒能完全釋懷，但他向來聰明，一定可以想通什麼。那個晚上帶著滿身傷口，獨自走過這道長長堤防，來到什麼都沒有的盡頭，洛英相信，這一路還是沒有白費。

「我啊……還是會去考醫學院，反正現在還沒有其他目標，如果將來決定要做醫生以外的工作，隨時都能轉換跑道，對吧？」

「嗯！」

「將來不管妳考上哪間學校，別選到離我醫學院太遠的學校喔！」

「啊？你少強人所難，那又不是我可以決定的。」

「各自在不同的城市念書，妳能想像嗎？我就沒辦法。」

任性的心得，在她聽來卻是暖洋洋的依賴。

她想跟他約會、看電影，想在他面前大方地為了芝麻小事而開心，想從現在起，努力成為他心目中那個特別的女孩。

「洛英。」

「嗯？」他突然喚她名字，害洛英一時緊張。

風吹著，他們順暢滑行，禹承溫柔的嗓音輕輕飄進她耳裡。

「我們……要做一輩子的朋友，不管發生什麼事，人在哪裡，一直都會是朋友。」

她面對不停被拋到後方的灰色路面，怔忡失了言語。髮絲拍打著臉頰，她的頭髮已經長到可以綁起短短的馬尾，紮在後腦杓十分可愛，是禹承喜歡的清新健康的馬尾。

「喂！妳有沒有在聽哪？」

「嗯？有、有啊！當朋友……就好嗎？」

禹承望著遠方，雖然看得見一如往常經過的列車，盡頭卻依然遙不可及。在那裡，第一次發現想要擁有一個人的心情，第一次害怕失去。

「當朋友，就很夠了。」他說。

洛英笑出來，伸手按住耳畔髮絲，「該說你這個人沒什麼野心，還是野心很大呢？」

「是很平凡的野心。喂，就這樣約好囉？」

雖然為了成為他心中那個獨一無二的女孩而想開始努力……

「約定好之後，就算將來你想跟我絕交也不行喔？」

「我才不會跟妳絕交，我只會跟妳吵架。」

她笑一笑，用掌心不著痕跡地拭去臉上淚水，「哈！誰怕誰啊？」

雖然為了成為他心中那個獨一無二的女孩而想開始努力，可是如果打從一開始就一點機會也沒有……

第五章 騙妳的

「永遠做朋友」的約定，那效力似乎並沒有加持在禹承和洛英的大學之路上，禹承考上台北的醫學院，洛英則就讀新竹的大學，雖說不遠，但也不是可以天天見面的距離，至少這四年的時間他們都會各在一方。洛欽喜歡台北的多采多姿，嚷著一年後也要考上台北的大學去找禹承。

「跟屁蟲。」她立刻吐槽自己弟弟。

風水輪流轉，洛英考完無事一身輕，整天在外面和禹承四處玩，或是待在家看漫畫，看在洛欽這位準考生眼底萬分礙眼。

「妳是不是酸葡萄？因為妳跟禹承哥被拆散了。」

「你講什麼鬼話？被拆散的人應該是你吧！你這個戀兄情結的。」

姊弟倆又要再度鬥嘴，這時，洛英媽媽端著果汁進來，要洛欽休息一下，他趁機抱怨，「媽，叫姊滾出去啦！在考生房間看漫畫，很過分耶！」

洛英媽媽卻忽略這個要求，將幾秒前聽見的話題帶回來，「如果洛欽考上新竹的學校，這樣很方便耶！放假的時候可以一起坐車回來，而且，搞不好可以一起租房子。」

姊弟倆登時異口同聲抗議，好不容易自由了，怎麼可以住在家人的視線範圍內呢？

然而媽媽算盤打得精，「不是聽說只有大一才能住宿舍，大二就要搬出去嗎？反正遲早都得在外面租房子，洛英，妳到新竹後可以開始找找看適合兩個人以上合住的地方。」

洛欽還是堅決抗拒，一來他只想去台北，二來他才不要和姊姊住在同一個屋簷底下。

禹承從洛英口中得知此事，爽快地說：「如果洛欽真的到台北，那跟我一起住也可以啊！男生住一起，女生住一起。」

「女生一起？我跟誰啊？」

大學，是一個強勢的分歧點，用「這就是人生」的堂皇理由，將從小一起長大的朋友分開。可是，同時也是一個奇妙的交匯點，即使不用特別約定，也能讓好久不見的人意外重聚。

「洛英？」

搬進學校宿舍第一天，就聽見有人直呼她名字。洛英卸下超重的行李袋，定睛看清楚坐在書桌前穿得清涼的女生。

貼身的運動上衣和超短熱褲，長長捲髮披在背後，嬌小玲瓏又前凸後翹的，五官像極線上遊戲中的可愛女主角，笑起來的電力伏特更是高得驚人！

「妳是孫洛英吧？」由於洛英還是一臉納悶，她索性起身走來，「我們國中的時候同班啊！呵呵呵……妳怎麼不記得人家啦？」

呵呵呵……咦？等等！

「啊！」洛英大叫一聲，指著她的臉，「陳語涵？妳是語涵！」

國中時，禹承曾經費盡心思也要讓她在畢業紀念冊上留言的那個「呵呵呵」二號女神。

幾年不見，她變得好「殺」呀！

洛英一面整理行李，一面和語涵聊著彼此近況，欲罷不能地聊到晚餐時間，分開這些年的疏離感在不知不覺之間化解掉了。

她們同科系，寢室還有兩個外系的女生，不過洛英和語涵熟悉得最快。

洛英興奮地打電話告訴禹承這樁巧遇，沒想到禹承費了九牛二虎之力才想起陳語涵這個人。

「你這個人會不會太無情了？人家好歹也是你想追的女生，竟然忘得一乾二淨。」

他乾笑兩聲，「我不留戀過去嘛！」

洛英停頓片刻，她想起有時到禹承房間借漫畫，還是會不小心窺見他對著書櫃上的紙盒鬱鬱發呆。趙友蓉早已到另一個城市念大學，展開全新的生活，也許還交男朋友了。留戀的，是那曾經把整顆心投入下去的過去吧！

「對了！來聯誼！孫洛英，把你們家的女神一起帶來，我招待妳們到台北玩。」

老實說，禹承會提出這個要求還真是不讓人意外。

她失神好一會兒，接、接下來的發展，用膝蓋想也知道禹承那個「呵呵呵」控八成又會重燃對女神的熱情，然後開始對洛英死纏爛打。

「欸！妳幫我問她現在有沒有男朋友。」

「下次聯誼的時候，想辦法讓我們獨處一下。」

「我教妳，有意無意地打聽看看，她對我的印象好不好。」

差不多就是以上的循環模式。洛英無力地往床上倒，喃喃自問「又要重蹈覆轍了嗎」。她不想再當月下老人，這角色令她心痛，諷刺的是，也唯有身為那個角色的時候，才能說服自己只是朋友。

「妳說什麼重蹈覆轍？」

「嗯？沒有。你剛剛說什麼來著？」

「喔！我是想問妳下次什麼時候回家？之前老是不同星期回去，根本沒能碰到面。」

「下次啊，我看看。」她跑去拿記事本查閱，又跳回床鋪，「我下星期會回去。」

「下星期？」

「嗯！柯一龍跟我約好下星期一起回去。」

禹承原本忙著找記事本，一聽見那名字，立刻蹙起眉頭，「柯一龍？那傢伙為什麼會跟妳約好？一起回去是什麼意思？」

「我沒跟你說嗎？柯一龍跟我同校耶！」

他迅速將手機拿離耳畔，作出超吃驚的表情，接著抗議，「妳根本沒講。」

「反正你對柯一龍沒什麼好感，應該不用特地跟你提吧！那你要不要下星期一起回去？」

「我……考慮考慮。」

掛了電話，禹承交叉起雙臂，對著手機沉重地思索，洛英不僅跟柯一龍同校，聽上去還不只一次相約回家，那傢伙該不會是故意跟洛英考上同一所學校吧？

記得有一次去洛英家找洛欽，柯一龍居然已經在裡頭了，一副常客般和孫爸爸聊棒球，到底是幾時跟孫家混這麼熟的？

最奇怪的是，為什麼他沒能跟從小一起長大的青梅竹馬在同一個城市念書，那個半路插進來的傢伙反而順理成章跟她就讀同一所大學。

洛英還在納悶禹承剛剛古怪的態度，這時語涵從外頭進來，洛英抓緊時機打聽聯誼的可能。

「我看看哪一天可以喔！」她拿出跟她的人一樣可愛的記事本，在排得滿滿的行事曆夾縫中搜尋空檔，順便問：「胡禹承是家裡開醫院的那個？」

「嗯！對呀！國中的時候是五班。」

原來不只禹承忘記語涵，語涵對他也沒什麼深刻印象。

「我比較有印象的是，洛英總是跟一個男生很要好，但又老說不是男女朋友，聽了挺火大的。」

「火大？」

「因為，男生和女生那麼要好，怎麼可能沒在交往嘛！雖然如此，也很羨慕就是了。」她停下翻動本子的手，抬頭追問：「所以你們到現在還是沒交往？」

「沒有啦！」

「為什麼？」

語涵的打破沙鍋問到底沒有惡意，洛英還是覺得受傷，在一陣無能為力的沉默後，她淡淡笑著說：「我們說好要永遠做朋友。」

語涵聽了，愣愣，接著笑出來。直到發現洛英一臉茫然，才經驗老道地解釋，「『做朋友』跟『談戀愛』一樣，不是刻意去找才開始的呀！是在不知不覺的時候陷入其中，突然回過神，原來已經喜歡上對方了，那才是戀愛啊！」

這話題弄得她害臊，「所、所以說我們沒在戀愛啦……妳為什麼扯到這裡來？」語涵嘟起嘴反駁，「誰叫你們要做那種約定？簡直就像是害怕沒辦法繼續做朋友才約法三章的。」

結果，下個星期五，洛英和柯一龍一起搭火車回家，而禹承則沒有回來。

洛英家離車站不遠，步行就可以到，柯一龍說天色暗了，堅持送她一程。

「明明是他先提起要一起回家的，結果又說要念書不能回來。」路上，洛英還在抱怨禹承不能同行的事，柯一龍一邊伸手幫她拿行李，一邊意有所指地說：「也許，他不想要有電燈泡在吧！」

「我又沒有約語涵一起回來，我們兩個怎麼會是電燈泡？」

雖然她腦子轉得很快，可惜轉錯方向。柯一龍沒轍地咧開嘴角，「那，妳就當作我的電燈泡不在好了，可喜可賀。」

他用開玩笑的口吻說得很順口，洛英卻在一剎那間聽出他的言外之意，她停下腳步看著他，漸漸紅了臉。

她不知所措到無法言語的模樣，看在他眼底，升起無限愛寵，他歪起頭，存心作弄，「上大學之後好像沒那麼遲鈍了。」

「就、就算沒那麼遲鈍，也不准對我開那種……那種玩笑。」

「為什麼？」他態度輕鬆地往前走。

洛英暗自鬆一口氣，然後故作生氣地說：「還問為什麼？這種事萬一被當真，是很不得了的耶！」

「正因為就算被當真也不要緊才說的啊！」

原本已經下降的緊張度再次飆升！她佇立，在家門前漲紅了臉，動也不能動。柯一龍揚頭看看她家房子外觀，接著瞧瞧僵立的她，不忍她再慌亂。

「好啦！我不會再犯了，抱歉。」

輕輕將行李袋塞回她手上，一度的溫度相觸，讓他百感交集。難怪，胡禹承到現在還沒能跟洛英交往，要越過朋友的界限，原來這麼難。

洛英拎好行李袋，還是坐立難安。一次的玩笑，可以一笑置之，兩次的玩笑，就分不出真偽了。

「那、那個，謝謝你送我，要不要進來坐？」

笨拙的邀請，柯一龍客氣婉拒。洛欽在二樓房間正要拉上窗簾，發現門外他們的身影，多看了幾眼。

晚餐後，洛英頹廢地躺在沙發上看電視嗑零食，洛欽走來，瞥了她那一腳跨在沙發頂端的模樣，拿走她手上那包洋芋片。零食被搶，洛英只瞄瞄在旁邊沙發坐下的洛欽，沒有意見地繼續看電視。

「欸！明天去打擊場好不好？」半晌，她懶洋洋開口。

心情一煩躁就會想去棒球打擊場發洩，是她萬年不變的習慣。洛欽猶豫一會兒，若無其事說：「好啊！要不要叫柯一龍一起去？」

「啊？」她翻身坐起，結巴起來，「為、為什麼要邀他？」

「我剛看到他送妳回來，反正他也在，人多比較好玩。」

「喔……那，你去邀。」

「為什麼是我？妳跟他同校又同年級耶！」

「因為是你提起的啊！」

「妳是不是跟他怎麼了，才這麼彆扭？」

洛英倒吸一口涼氣，不敢相信眼前的老弟居然這麼敏銳。

「沒怎樣啦……」為了不讓弟弟看出更多，她讓步，「好啦！我打就我打。」

沒再據理力爭，那表示真的有什麼。洛欽也不點破，朝袋子裡抓出洋芋片，又問：

「為什麼禹承哥沒有跟你們一起回來？」

「呃……」嘖！為什麼這小子今天晚上問的問題句句扎心啊，「他說要念書，先不回來了。」

「他說要念書之前，是不是知道柯一龍也會回來？」

「對呀！你怎麼知道？」

面對不解的洛英，他依然克盡本分地吃洋芋片，只在她不注意的時候自言自語，「有夠幼稚。」

說到那位幼稚的胡禹承，他在星期五晚上就後悔了。這是怎麼回事？大家都講好了就對了？整間寢室剩下他一個人留守，室友全部回老家去了。一到晚上，原本冷清的宿舍更加蕭條，沒辦法找人出去閒晃，他只好乖乖待在書桌前念書。

念到夜深人靜，終於疲倦地趴在桌上發呆。

「好無聊……肚子好餓……好無聊……」

禹承癱了良久，視線緩緩移動到牆邊立起來的相框上，他和洛英還有班上幾個要好的朋友在畢業旅行時的相片，現在看著看著感覺是好久以前的事了。

相片中，洛英站在他身邊，被玩水玩到全身濕答答的他故意攬住肩膀，又笑又躲的時候被拍下來的。

洛英笑得好燦爛，他也是。

「渾蛋……」他騰出一根手指輕輕碰觸她的笑臉，「居然真的跟那傢伙一起回去了……」

語涵的社交行程太滿，最後才在一個多月後找到空檔，北上和禹承那一票醫學系的男生聯誼。

「會不會都是一群書呆子啊？」

儘管「醫學系」的名號稱頭，語涵還是擔心會冷場，一邊化妝，一邊抱怨上一場失敗的聯誼多無聊，眼角餘光瞥見洛英穿上牛仔褲，當下開口制止，「妳要穿那樣去？」

「嗯？」她拉上拉鍊，點頭，「對呀！」

「不行啦！我們是去聯誼，又不是去上課，妳有沒有裙子啊？」她起身去打開洛英的衣櫥。

語涵找到洛英從前在「愛麗兒」買到的裙子，拿到她身上比一比，「就這件吧！搭帆布鞋也不會太奇怪，妳要再買雙淑女一點的鞋子啦！最好是有點跟的，比較好看。」

「我不會穿有跟的，走三步就會卡住一次。」

「唉！我們系上是有名的出美女，可不能讓妳壞了這名聲，坐好！有素顏的本錢是不錯，可是站在化妝的人旁邊，氣色上就會被比下去了。」

她堅持將洛英拉到書桌前坐下，不管她抵抗，開始幫她化妝，語涵再三保證，只上淡妝就好。

洛英心想，上大學後就沒機會和禹承見面，既然好久不見，那偶爾特別打扮一下也無妨吧！

折騰半天，總算趕在約好的時間出門。語涵滿意地和洛英還有另一位同系女生一起北上，搭火車不到一個鐘頭就到台北。禹承約了兩個同學一起來車站接人，三位男生一見到語涵這位宅男女神，眼睛為之一亮，慶幸今晚的聯誼中大獎了。

禹承開始探頭尋找洛英身影，多久沒見啦？兩個月？三個月？總之度日如年，他該不會連洛英也認不出來了吧！

忽然，跟在語涵後方的高個子女生，和他四目交接時立刻綻放大大笑靨。禹承先是躊躇，隨後轉為驚訝！

他知道那是洛英，但是又很不像他所認識的洛英。怎麼說呢……她變得出乎意料的漂亮！她清秀的五官和勻稱的身材超級吸睛，紮起的馬尾不再是兔子尾巴那樣短短一撮，而是能夠柔順垂到肩膀上的俏麗長度。

啊！裙子！她居然穿裙子？搞什麼啊？先前的預演約會明明穿了褲裙就上場，現在聯誼竟然甘願換上裙子了嗎？

「禹承！」

洛英對於他複雜心境完全不知情，快快樂樂來到他跟前，用眼神示意他看語涵的方向，「你認得出語涵是哪一個嗎？她變好多對不對？」

妳自己才變好多呢！禹承悶悶在心裡嘀咕，一個不小心又注意到她臉上特別彎翹的睫毛和會發亮的粉紅色嘴唇，這……這傢伙還化妝了！是要去相親喔？

這時語涵也挨近過來，甜甜地和他相認，「嗨！胡禹承，還記得我嗎？」

「嗯？呃……」他回神，親切地回話，「記得，那本讓妳寫過的畢業紀念冊我都還好好留著耶。」

「哎呀！不要再說了，一想到那時候寫的話就覺得很不好意思呢！」

她嗲聲嗲氣地嬌嗔，還用雙手捧住清純臉蛋，在洛英眼底怎麼看都是高難度動作，語涵好厲害，隨隨便便就能發出十萬伏特的電力。

語涵雖然還是大一新生，但在聯誼這方面已經是老手，她提議抽機車鑰匙來決定今天誰坐誰的車。

三副車鑰匙攤在面前，它們結上的鑰匙圈各自不同。一個是夾娃娃機夾到的黃色小鴨布偶，一個是皮革製的盾牌，一個是銅片的吉他。

禹承上大學才買機車，洛英並沒有見過他的車鑰匙，不過依照禹承個性，銅片吉他比較像他會使用的鑰匙圈。

起先她下意識要拿取，臨時想到月下老人的任務，於是改拿那個皮革盾牌的鑰匙圈。

禹承錯愕一下，不明白她為什麼要中途改變主意。難得見面耶！而且她不想坐坐他的新車嗎？虧他在電話中炫耀那麼久。

「不好意思，我側坐可以嗎？」

洛英上車前先客氣詢問，對方是一個斯斯文文的男生，和禹承差不多高，卻沒他來得油條，笑起來很陽光，感覺是個不難相處的人。

等到洛英不很熟練地坐好，他才一騎出去，突如其來的慣性作用害洛英一整個人後仰，然後往前撲向他的背。

「洛英，妳沒事吧？」語涵坐上禹承的車，在後面擔心地揚聲問。

洛英回頭，撞見禹承正殺氣騰騰瞪著她。她一頭霧水，神經，都載到女神了還一臉大便幹麼？

「我沒事！」說完，她連忙向騎士道歉，「對不起啊！我實在不習慣側坐，早知道穿褲子來就好。」

「沒關係，是我不小心，等一下我會慢慢騎。」騎士轉過頭來朝她溫暖地笑了笑，又仔細叮嚀她要抓好，「如果不知道要抓哪裡，那我的腰倒是個不錯的選擇。」

這句話一說出口，洛英就笑了，這一笑，多少也沖淡那個突發事件產生的小尷尬。

那男生十分體貼，一路上時速都保持龜速，還不時關心洛英的狀況。坦白說，被當成女孩子般呵護，讓洛英受寵若驚，不習慣是不習慣，仍舊打從心底高興。

從以前到現在，她的待遇總是和其他女生不一樣。話劇演出時老被分配到樹木、小熊、王子之類的角色。出遊時遇到不好走的路，男生負責攙扶班上女生，她一定是落單的那一個。到餐廳點的餐吃不完，女生們習慣推到洛英面前，笑說「洛英一定沒問題」。

原來只靠化妝和裙子，就可以有這麼大的改變啊？

洛英對這個男生印象不錯，話匣子打開了，兩人沿路相聊甚歡。

晚餐時，剛才同車的男女面對面而坐，禹承和語涵從國中時代一直聊到大學，兩人都是聯誼高手，不怕沒話題。洛英和對面男生氣氛也很好，另一對則安靜多了，活脫是來相親，淨是我看你，你看我，忙著害羞。

洛英不改本色，大口大口解決掉那盤藍帶豬排飯，連嘴角沾上番茄醬也渾然無覺。禹承和語涵聊到一半，發現她那張好笑的臉，正想遞出自己的餐巾紙，不料那個斯文男生先一步出手，還指指自己嘴角向她示意。

「謝、謝謝……」

她接過餐巾紙，匆匆擦拭嘴角，臉頰變得跟番茄醬一樣紅。

「不客氣，妳好厲害，一下子就吃完了。」

「因為我從沒這麼晚吃晚餐，餓壞了。」

「不然妳都幾點吃啊？下次要約妳的話可以當參考。」

「我啊，我都……」

她講到一半，才猛然意識到這個男生似乎已經巧妙地提到下一次約會。

「你應該擔心的不是吃飯時間，而是荷包才對，這女生食量非比尋常。」

禹承插話進來，洛英狠狠給他一眼，幸好那男生一點也不介意，反倒笑嘻嘻地說：

「不會擔心啦！這樣至少可以確定她有吃飽啊！」

「哎唷！怎麼這樣說，人家也有吃飽啊！只是吃太飽對身體不好，你們醫生不是也建議吃個七八分飽就好？」

語涵加進話題，不過她的語氣太嬌甜，實在聽不出她的立場偏向哪一邊。

後來，洛英離席去洗手間，在洗手台邊遇到同樣剛出來的禹承，兩人若有所思地看看對方，才各自打開面前的水龍頭。

餐桌那邊還在和樂融融進行聯誼，這邊的空氣倒是降溫不少。

「你今天幹麼一直臭著臉？都替你把語涵約出來了，好心沒好報。」洛英低聲抱怨。

「跟陳語涵沒關係。」他高傲回答。

「啊？那你是針對我囉？」洛英用力關上水龍頭，一副準備吵架的架勢。

「對，就是針對妳。」禹承也學她的氣勢將水龍頭轉得緊緊的，直接面向她，「又穿裙子，又化妝，沒事亂臉紅，妳轉性啦？」

「靠！我本來就是女生啊！」

「我的意思是，妳本來不是這種女生啊！今天該不會是因為李孟奕，才變得這樣判若兩人的吧？」

「判你大頭！我從頭到尾都這樣，什麼這種女生、那種女生？還有，李孟奕是誰？」

「載妳的那個啦！聊那麼久，到現在還不知道人家名字喔？」

「少囉嗦！我本來就不是為了那個李孟奕才化妝穿裙子的！」

「不然是為了什麼？」

「……」

原本一度高漲的氣燄，登時蒸發得無影無蹤。她啞口無言地僵持一會兒，甩頭就走，「算了！」

他們在西門町晃了一陣子，下一站是去唱歌。洛英和禹承之間濃濃的火藥味全發洩在歌曲上，兩人選了大吼大叫的曲風互相尬起歌來，他們的包廂被高分貝噪音轟炸半小時後，洛英終於體力不支，沙啞了。

「贏了！」

禹承對著猛灌開水的洛英比出勝利手勢，誰知洛英一面喝，一面向他比出中指！

「妳這傢伙……還能不能更粗魯啊？」

「可以啊！你想打架嗎？」

他們各自站起身，語涵和李孟奕趕緊又將他們壓回去勸和。

「妳和胡禹承吵架啦？什麼時候的事？」

趁其他人在唱歌，語涵在沙發角落向洛英探問來龍去脈。

「我也不知道是什麼時候，總之那傢伙今天就是看我不順眼！」

「看妳哪裡不順眼？」

「全部！說我判若兩人，真是莫名其妙！早知道這樣，我就不用特地……」

她話說到一半，不說了，落寞地看著身上這件穿不到兩次的裙子。語涵為了讓她轉換心情，拖她一起出去自助餐檯拿飲料和點心。

等她們離開，李孟奕忍不住偷偷給禹承一記枴子，惡狠狠瞪他，「欸！你幹麼啦？不好好聯誼，吵什麼架？整個氣氛都被你弄糟了！」

禹承似乎也覺得自己不對，自我反省過後這麼下定決心，「我不會再這樣了。」

十分鐘後，洛英和語涵從外面回來。語涵興奮地揮舞著一張名片宣告，「剛剛有人找洛英去當模特兒耶！你們看！是那本《Pretty Girl》雜誌編輯的名片，他說洛英很有型，身高也夠，希望她可以去拍幾張照片。

《Pretty Girl》是一本將閱讀對象鎖定在高中和大學女生的時尚雜誌，每一期的銷售量都相當不錯。

他們很驚訝，將那張名片輪流傳閱，另一個班上女生用羨慕的語氣對洛英說：「我每個月都會買《Pretty Girl》耶！是忠實讀者喔！洛英，妳一定要去拍！」

「我還沒答應他啦！只說會考慮看看。」洛英不好意思地坐下，直說她沒辦法想像自己穿上那些漂亮衣服，擺出過分可愛的姿勢拍照。

「不用考慮了，明天我就幫妳打電話給那個編輯大叔。」

語涵雀躍地將名片放進洛英的包包，禹承卻蹙起眉頭，「那編輯是個大叔？」

「是呀！留著落腮鬍，挺性格的。」語涵還是笑咪咪的，「完全看不出來是女性雜誌的編輯。」

聽她這麼一說，禹承更加警覺，「不會是騙人的吧？就是那種專門騙女生去拍A片還是裸照之類的。」

「嗯……感覺不像呀！還說可以邀朋友一起去參觀，講話也滿專業的。」

「有可能是演出來的，不然那種雜誌怎麼可能會找上洛英？」

洛英不高興，抓起麥克風大聲質問：「你什麼意思啊？你是說正牌的編輯不可能找上我，只要找上我的，都是要抓我去拍裸照嗎？」

「洛、洛英……」語涵擔心隔音效果不好，想把她的麥克風搶回來。

不料禹承也跟著拿起另一支麥克風吼回去，「我哪有那樣講？我擔心妳被騙耶！」

「看不出來你有那麼好心！你不要以為只有你最聰明，其他人都是笨蛋。我告訴你，我偏要去當模特兒！」

「啊？妳真是……也不照照鏡子，有哪個模特兒像妳這副德性？醜八怪。」

「你罵我醜八怪？幼稚耶你！幼稚！幼稚！幼稚！幼稚！」

「幼稚」的回音還沒消失，麥克風已經被語涵先一步奪走，李孟奕也同樣搶走禹承的，大家這才鬆口氣。

不過，接下來的時間，吵架的那兩人互相不看對方，生起悶氣，害其他人唱起歌來困窘得要命。

「我要再去拿飲料。」意識到此刻的窘境，洛英藉故離開包廂。

「我要點歌！」語涵起身走到禹承身邊坐下，拿走他面前的歌本，刻意輕聲地說：

「說起來，洛英之前只參加過一次聯誼呢！還是被硬拖去的，只穿了T恤和牛仔褲。」

李孟奕撇開早先的斯文形象，賣力唱起五月天的搖滾樂曲，整間包廂的氣氛又漸漸被炒熱起來。

「洛英說她討厭聯誼，人和人之間的認識太過刻意，反而不單純，不單純的話就沒辦法長久。她有時講話也挺老成的嘛！」語涵在吵鬧的樂音中拿起遙控器按下曲目號碼，再用原來的低分貝繼續說：「『所以，在很多年之後還能繼續下去的情誼，更加彌足珍貴』，洛英這麼說。」

禹承面對她那意味深長的笑臉，心，揪了起來。

「今天會特地參加聯誼，又特地打扮，是因為可以見到特別的人吧！」

他聽懂她話裡的意思，陷入沉思，最後鬱鬱地坦白，「我今天好像一直很焦躁，即使心裡清楚我們是難能可貴的朋友，卻還是害怕趕不上她的改變而焦躁。洛英的改變明明都是好的……」

語涵萬分可愛地托著下巴瞅住他，笑一笑，「喔……既然這麼珍貴，為什麼不交往算了呀？」

禹承回了一枚苦笑，「正因為珍貴，才跟她約好要一直做朋友。」

「咦？這又是為什麼？」

「比起朋友，妳不覺得情人的關係更容易決裂嗎？有太多因素會成為分手的理由，就算再怎麼不願意，不管再怎麼努力，可是有一天……還是有可能分手吧？」

「那又怎麼樣？男女朋友本來就分分合合，很正常啊！」

「可是洛英不一樣。」他語氣堅定，「將來，不管我會跟幾個女生交往，又跟她們分手，這都沒關係，都是可以承受的。但是如果要我和洛英決裂……說什麼我也做不到，就算我被全世界的女生甩了，只要不會失去洛英就好。只有她……必須一直都在不可。」

這番既任性又執著的坦白叫語涵有些意外，「可是，如果只當朋友，你們兩個永遠都會是平行線喔！」

「那就當平行線好了，當朋友雖然不會有進一步交集，卻能夠一直在身邊啊！」

禹承那番掏心掏肺的宣言，洛英沒能聽見。她站在飲料吧前好久，沒有什麼想拿的，便朝洗手間走。正巧裡頭一個人也沒有，她站在大面的鏡台前審視自己。

經過安全帽的折騰，還有兩三個鐘頭的時間流逝，馬尾有些散亂低垂了。她伸出手將髮束摘下，長髮一下子四散肩際，望著鏡中幾分成熟嫵媚的模樣，不太適應。

洛英四下張望，無奈地吐氣。到現在她還是沒有隨身攜帶梳子的習慣，沒辦法將自己打理得更加可愛動人，不懂得溫柔撒嬌，跟一般女孩子不同。對禹承來說，她是一個不像女孩子的女孩子，無法列入心上人的名單上，所以他稱她是「朋友」。

細心上的妝，刻意穿起的裙，在獨處的這一刻都只讓她覺得無比狼狽、難堪。

一行人走出KTV時已經接近晚上七點。起風了，入秋後的台北紮紮實實地感受到入夜後的寒意。洛英偷偷撫了撫起雞皮疙瘩的手臂，她不怕黑、不怕鬼，也不怕蟑螂和毛蟲，唯獨怕冷，可是今天卻忘記帶外套出門。

返回車站的乘車安排，他們重新抽籤，語涵還是讓禹承載，洛英和另一個女生的騎士則互相對調。

走到停車場路上，洛英放慢腳步，她不希望大家看到自己抱著雙臂發抖的窘態。

忽然，有個重量從後方撲在身上。她嚇一跳，看看肩上的外套，再看看墊後的禹承。

「給妳穿。」他的神情摻雜著吵架時的尷尬和沒吵架時的溫柔。

洛英一隻手拉住外套，這外套好大，足以將她好好覆蓋，覆蓋在暖和的溫度裡。

「可是……」

可是我們不是還在吵架？可是你不用穿嗎？可是……可是什麼呢……

她沒來由語塞，禹承只給她一眼，說句「穿上啦」，便往前走到語涵身邊，指點她機車停放的位置。

洛英笨拙地將兩手套進外套袖子裡，跟上大家的腳步前，悄悄藏起不言而喻的歡喜。

禹承實在太奸詐了，她本來還準備長期抗戰呢！結果現在居然用一件外套，就把一切都輕易融化。

抵達火車站時，離發車還有一些時間，他們聚在一起閒聊一陣子才告別。

禹承和洛英彼此的視線，總是相隔一段距離有意無意地交錯，欲言又止，又各自和同伴說話去。

「八十五分，今天聯誼的CP值很高喔！下次可以考慮再一起出去。」

步向車站大廳，語涵就開始成果驗收，和另一個女同學聊起今天的聯誼印象。

「不好意思，妳們先進去。」

洛英突然脫隊跑出去，語涵心知肚明地歡送她，「好好和好吧！不要搭不上車喔！」

洛英衝出車站大門，左右尋找禹承蹤影，前一秒還擔心追不上機車速度，下一秒就發現他和他的機車停在路邊，也正猶豫地往回看。

都想找對方講話，這種默契該說來得是不是時候呢？洛英順一下頭髮，慢吞吞走向他。禹承則摘下安全帽，不是很自然地等待。

「什麼事？」他先開口。

「呃……」慌亂中，洛英想到外套，匆匆脫下來，「還給你，謝謝。」

「喔！」他將外套穿上，在她沒心理準備時喚她名字，「洛英。」

「啊？什麼？」

「我晚上講話太過分，沒有惡意，對不起。」

從小到大，禹承最大的優點，就是當他真心內疚時，道歉也十分乾脆。

當然，洛英也是，她搔搔頭，「都被你先講了，但我還是要說一次，我也對不起。」

他笑一笑，不再接話，坐在機車上兀自把玩安全帽。由於他並沒有跟往常一樣暢所欲言，洛英不禁覺得窘迫，只得轉移話題。

「今天和語涵聊得怎麼樣？要不要我再幫你約她出來？她對你印象不錯喔！」

不遠處有警察吹哨子驅離停放太久的車輛，禹承朝那方向晃了晃，有點心不在焉，「再看看吧！」

「為什麼？」

「我今天滿腦子想的，都不是她的事。」

她愣一下，不懂他的意思，但一剎那間……彷彿又是懂的。

禹承的目光改落在她的長髮上，喃喃說道，「原來妳的頭髮留得這麼長了，今天才注意到。」

「嗯，我平常都綁起來。」

洛英不希望他繼續聊頭髮的事了，那會弄得她更緊張，以前他們都聊什麼嘻嘻哈哈的話題啊？腦袋拚命搜尋之際，沒想到他的手輕輕抓起她幾綹髮絲，研究稀奇物品般仔細端詳，「頭髮好軟，女生果然還是留長髮好看。」

小動作，卻是情人之間專屬的親暱舉動。

洛英屏住呼吸！觸碰到的分明是頭髮，她的身體卻有觸電般的強烈感覺，靈魂深處宛如被禹承被牢牢抓握一樣，再多一分力氣就會崩裂。

那個約定，會崩裂。

「什、什麼嘛！你剛剛還說我是醜八怪。」

洛英抽身退後，剛好退到大樓陰影下，這樣他才不會看見她燙熱的雙頰，不會聽到她亂掉的心跳。

車站外圍又被幾輛並排的轎車堵得水洩不通，警察的哨子聲再度驚天動地響起。禹承掉頭面向開始鳥獸散的車潮，不知怎的，心情反而放鬆下來。

「那是騙妳的……」

她怔住了。

很多時候，明明想轉身離去，最終，總是……總是單憑一份未經證實的期待，還是轉往了他的方向。

這樣的挫敗令人幸福，欲淚。

「啊！妳們的車班幾點發車？」禹承想起時間。

洛英馬上看手錶，慘叫一聲，轉身奔向大門口。禹承丟下車跟上去，語涵她們正著急地站在驗票口等候。

「我先走囉！」

洛英朝他揚揚手，他則催促她跑快點，目送她成功通關。

柵門關閉，她們奔跑的身影也愈離愈遠，而他還留在原地凝視她消失的方向。

以前會想用玩笑話帶過的那些意外尷尬，現在不隱瞞了。以前總將不願承認的念頭收在心底，現在也變成有一句沒一句的暗示。以前，說了再見後，想著反正還有明天。現在，明天還沒來臨，卻開始了思念。

洛英跳上車，繞進車廂，在一連串號碼中找到自己座位，一屁股坐下去，喘氣又喘氣，最後伸出雙手摀住臉，緩緩低下身去。

今天的禹承好奇怪，她也好奇怪，這個世界變得很奇怪。他們萬分珍惜的友情，那個愛與不愛的交界，在他觸碰她的時候，一度消失不見。

那張《Pretty Girl》雜誌編輯的名片，語涵向洛英要了來，自作主張打電話給那位編輯大叔。

「就去一下嘛！人家好想看看他們是怎麼拍出那些照片的。」語涵賴著哇哇叫的洛英撒嬌，「妳一點都不好奇嗎？妳也不用真的去拍照呀！到時候跟他們說不要就好了，因為我只跟那位大叔說妳想先看看再說。」

「那我還得謝謝妳沒把話說死囉？」

「哎唷！人家是想一舉兩得呀！讓妳可以全身而退，然後我們也可以滿足女生的好奇心。拜託啦！我會跟妳一起去的，妳不要那麼無情嘛！」

洛英好生奇怪，她又不是男生，為什麼也會對嬌滴滴的女孩子招架不住呢？

「好啦！就只是去看看喔！」

「耶！」語涵撲上前抱住她，順便提出另一個點子，「不過，上次胡禹承也言之有理，萬一是騙人的就糟糕了。」

「那就不要去了。」

「不是啦！拉男生來保護我們就好啦！」

於是她又自作主張打電話給禹承，要他當護花使者，禹承自然一口答應。

過幾天，她們二度來到台北，禹承和李孟奕當司機，依照名片上的地址載她們到一棟十三層樓高的大樓前，看到招牌的確標示《Pretty Girl》的公司名稱。

「好像不是騙人的耶！太好了！」

語涵看起來比洛英還高興。洛英鬱悶地嘆氣，不經意觸見禹承正斜眼瞅著她。

「幹麼啦？」

「妳真的要拍喔？」

因為看不出他問話的用意，洛英並沒有立刻回答，而是懷疑地反問回去，「你反對嗎？」

「沒有，滿好玩的。」他面無表情地說完，停頓一陣子，又掉頭發問：「該不會是要妳女扮男裝入鏡吧？」

「去你的！《Pretty Girl》是女性雜誌，我女扮男裝幹麼？」

她使勁用手肘撞他一記，禹承還在捧腹抗議時，那位編輯大叔出現了。

他微笑拍著手，「果然跟我想的一樣，妳很有活力喔！」

一如語涵所言，這位蓄著落腮鬍又體格魁梧的大叔，雖然粗獷，卻有一雙溫柔的眼神，相當性格。他叫黃佐川，副職是攝影師，因為他招攬洛英，所以洛英的部分也由他親自擔綱攝影的工作。

洛英不好意思地向他道歉，說她還是沒辦法接下拍攝工作，既不習慣也擔心做不好。編輯大叔也不先下定論，他摸摸鬍子說：「沒做過的事，不會有人一開始就習慣的。至於能不能做得好，難道妳不想試試看再得到結論嗎？」

「這個……」

「照相機是很奇妙的機器，它可以把一個人拍得不像自己，可是從某個角度看，又會覺得再也不能那麼相像了。」

那一席話，叫語涵雙眼閃爍出崇拜的光芒，在一旁幫腔，「對呀！洛英，妳人都來了，就試一試嘛！大叔還以為妳是答應拍照才來的，別讓人家失望啊！」

喂喂！向大叔亂放話的人到底是誰呀？洛英瞪著她，編輯大叔卻納悶地抱起雙臂，「已經被人叫大叔啦？奇怪，也沒多老啊……」

語涵追問他年紀，他笑說正值四十不惑之年。禹承一直安靜旁觀語涵和大叔說笑，就連身為男人的他都覺得大叔魅力十足，更遑論女生了。

洛英改變心意，說願意試試看。大叔自然高興，要求先試拍幾張看看效果，沒問題的話再換裝正式來。

他想知道平常洛英等人的站姿，要她不用看鏡頭也不要緊。

洛英想一下，兩手置在背後，微向左傾的站姿，望向右邊方向。不過下一秒她馬上掉頭，盯住後面靠牆站的禹承，一句話也不吭。

「幹麼？」他問。

「欸……你先迴避一下啦……」

「為什麼？」

「總覺得有熟人在場很彆扭。」

「那為什麼其他人可以？」

「因為我跟你最熟呀！」

禹承當場無言，又發現自己成為大家焦點，只好悶悶地掉頭走開。

他不生氣，說實話，今天如果換成是他，也不希望洛英在場觀看，打死都不願意。

只是，只是啊……

禹承順著迴廊轉彎，很巧，這個角度能夠窺見攝影棚的一角。透過透明的玻璃窗，能見到洛英依照大叔的指示，將馬尾解開放下長髮，風扇開啟，單是一個按住髮絲動作，就令她看上去風情萬種。

女孩子真是一種神奇的生物，她們一旦經過某個特定時期，就會發生美好的變化，很難具體說出是怎麼樣的改變，那是近似花朵綻放的感覺，無法預測綻放的時間和姿態。

再也不能叫她黃毛丫頭了。

他知道那是跟他從小一起長大的洛英，但通過了那個特別的時間點，有時候，她的笑會帶著幾分柔媚，會出現幾個女性化的小動作，甚至還會露出令他困惑的細膩神情。有些神情會莫名其妙地深烙腦海，他還清楚記得，當她堅持費心的打扮不是為了李孟奕的時候，有一縷欲言又止的怨懟浮現出來。也記得當他拉起她頭髮，洛英紅著臉逃開的那一刻。

在那一刻，禹承忍不住問自己，是不是洛英也跟他懷抱著相同的情感？是朋友，又不想只是朋友的矛盾情感。

洛英任由語涵隨手幫她梳理髮型，紮起田園味道的辮子。兩人不知說了什麼，洛英淘氣地笑了。

不要變得那麼可愛啦……至少，在他以外的人面前，能不能別那麼可愛？

他看得出神，一時沒注意到洛英轉頭過來，越過一條長廊，兩人的目光說巧不巧地撞在一起。

洛英先滿臉漲紅，立刻轉過身去。她一害羞，連帶禹承也嚇得倉惶別開視線，快步往前走。臭洛英！不過是互看一眼，又沒怎樣，幹麼臉紅成這個樣子？

「啊！」

他不小心撞到對面來者，是個女孩子。她往後倒退數步，碰翻牆邊垃圾筒，禹承及時拉出她，以免她跌個人仰馬翻。

在意外的近距離下，他們大眼瞪小眼定格好一會兒，眼前的女孩有長長的頭髮和清秀五官，膚色白皙，文青的氣質，還有一分說不出的熟悉感。

「對不起，是我沒注意。」

他道歉，扶她站好，女孩胸前掛著一台貴重的單眼相機，笑說沒關係。她一笑，那似曾相識的感覺就更強烈。禹承懷著滿腹狐疑低下身撿垃圾，女孩也一道幫忙，當他們一起提起垃圾桶，回憶的閃現幾乎是在同一時間！

「妳是林以軒嗎？」他訝異地問。

林以軒點點頭，吃驚地掩住嘴，「你是、是……嗯，跟洛英很要好的那個男生？」

嘖！為什麼每個人都只對洛英有印象？

「我是胡禹承，小學的時候跟妳一起打掃過廁所。」

「對，我想起來了，哇！好巧喔！」

當禹承帶林以軒去跟洛英相認，洛英也深有同感。

這是多麼可怕的巧合，禹承國小和國中時代喜歡過的女生都到齊了。特別是林以軒在國一時就搬到台北，沒想到現在居然巧遇重逢！

「原來你們都認識啊！」大叔也覺得不可思議。

「我很喜歡攝影，現在在這裡打工，順便當大叔的徒弟。」

林以軒跟著大家一起喚他大叔，他怔一怔，換來她呵呵呵的調皮笑聲。她也鼓勵洛英加入拍照的工作，「不討厭的話，就常來幫忙嘛！反正我也在這裡，有機會我們聚一聚。」

林以軒給人的感覺像是趙友蓉和陳語涵的綜合體，她有趙友蓉的知性卻不沉重，有陳語涵的嬌氣又多分活潑，是很好相處的女孩子，一兩個小時下來就和洛英、禹承混熟了。

小學時代的林以軒分明好嬌弱、好文靜，長大了，變得精練不少。

洛英本來打算就拍這麼一次而已，但是他們準備離開時，禹承和大叔在門口聊天，洛英不懂得詢問細節，反倒是禹承替她關心跟雜誌合作的注意事項。她無意間看見收拾好攝影器材的林以軒正望著他們，那樣的注視很特別，彷彿視線另一端是特別的人。她就那樣靜止了一陣子，最後拿起胸前掛的相機，喀嚓！

隨著年紀增長，洛英已經不若以前那麼遲鈍，她看得出林以軒的眼神必定有某種意義，因此私自沙盤推演，說不定禹承很快就會要求她幫忙製造機會，也說不定林以軒打從小學開始就對禹承抱有好感。不管怎麼樣，只要洛英答應往後的拍攝工作，都是那兩個人樂見其成的事吧？

他們一行人前往車站路上，洛英讓禹承載，兩人一路很安靜，或許是遇見熟人，衝擊過大的關係。

停紅燈時，他從後照鏡瞄到洛英也正從鏡中若有所思地瞅著他，於是問：「怎麼了？」

「嗯……你會選哪個呀？」

「什麼選哪個？」

「語涵和以軒哪！你喜歡過的兩個女生同時出現了耶！」

他斜睨她一眼，「白痴！從小學到現在都過多久了？感情又不是可以永久保存的，就算放進冰箱，裡面的時間也會一直前進，會改變的吧！」

「抱歉……」怎麼有種低估他的錯覺？

綠燈亮了，禹承繼續騎車，又是一陣不知所謂的沉寂。他送她到車站，看她準備脫掉安全帽，忽然這麼感慨起來，「不過，『初戀』好像真的很厲害……」

「嗯？」她聽不懂，暫時住手，「厲害什麼？」

「本來以為快要忘記的事，真的見到本人時，才發現以前的回憶都還老老實實地留在腦袋裡，好像我的身體裡住著一個小學生一樣，這就是初戀啊……」

他談起今天的感觸時，是一臉迷濛又溫柔的懷念神情。洛英面對那樣的神情，不知道該說什麼。禹承沉醉在那陣悸動之中，撫撫胸口，「跟她講話的時候超緊張的，明明講的都是普通的事，為什麼在她面前會變得跟笨蛋一樣呢？」

說到這裡，他暫停下來，壞心眼地反問她，「妳一定不懂吧？」

她匆匆低下頭，忙著解開安全帽的扣帶，「不懂什麼？」

禹承主動伸出手，幫忙搞定卡住的安全帽扣帶，他的手碰到她的，洛英心頭一緊，暗自屏息。

「不懂和初戀情人重逢的感覺啊！」

禹承的手離她很近，三番兩次碰到她的臉，洛英在快要窒息的窘迫中好不容易吐出一句回話，「我當然不懂啊！因為……」

「嗯？」

「我的初戀情人……一直都在我身邊。」倉促說完，她整個愣住了！

第六章　初戀情人耶

我們的初戀，很遺憾，往往不能開花結果。不過，它曾經悄悄萌芽的瞬間，總是記憶中最美麗的情感。

洛英卻說，她的初戀一直都在身邊，並沒有成為過去式。

她怔住，他也是。

兩人眼神交錯的剎那，有某種不言而喻的共識攔也攔不住地竄出！

不確定是誰先臉紅了，掙扎一會兒，禹承先吞吞吐吐地出聲，「有……有這樣的一個人啊？」

該、該不會是說他吧？一直待在她身邊的人，只有他啊！可是他哪可能厚臉皮去問清楚，現在只能硬著頭皮裝傻。

「有、有啊……」她回答得很小聲。

禹承看洛英低著頭，臉紅撲撲的，心也慌了。臭洛英，不要那麼彆扭啦！害他跟著尷尬到無地自容。

「誰、誰啊？」

「……」她倔強地抿緊唇，半天沒吐出半個名字，只說：「為什麼要告訴你？」

「從來沒聽妳說過啊！而且，也完全看不出來妳有在喜歡誰。」

是實話嘛！完全看不出來她有在喜歡……喜歡……

禹承心跳快到不行，趕緊別過臉，面向車站廣場，和李孟奕愉快交談的語涵偶爾轉頭過來，會以好奇的眼光打量他們。

「就是不希望有人看出來。」她還在打啞謎。

「所以說，到底是誰？」

等等，他這麼問不是自掘墳墓嗎？萬一洛英回答那個人是他，該怎麼辦？這輩子從沒被死黨告白過啊！

洛英微微抬起眼，見他既緊張又慌亂的模樣，要是說出來，一定會害他很困擾吧？會當不成朋友吧？說出來的話，一切都會回不去吧？

「那個人你不認識。」

那句話，簡直給他一記當頭棒喝！禹承錯愕許久，才慢慢從「原來不是我」的領悟中回神。

「不認識？真的有這個人嗎？」

「有啊！」她再次避開他的注視，努力地如數家珍，「他啊……不喜歡手臂上有東西蓋住，不管熱不熱，老愛把袖子捲起來。每次看到電視上的談話性節目，不到五分鐘就會開始打呵欠。還有啊，他高興的時候會喝汽水，不高興的時候會喝黑咖啡，雖然那兩樣都不是他最愛喝的……」

說到這裡，發現禹承的表情變得有些凝重。她因而住口，以為他還不相信。

「我說的是真的。」

「我沒說不是啊！」他笑一笑，「妳都注意到這麼細節的地方了，看來真的有這樣一個人，初戀情人。」

喉頭苦澀的滋味令她欲言又止，匆匆動手摘下安全帽，還給禹承。

「嘿嘿！爆炸頭。」

他頑皮地在她頭上胡亂撥弄，把頭髮弄得更亂。洛英撥開他的手，抗議，「你幹麼啦！我又不是小孩子！」

禹承搗蛋一陣子，住了手，若有所思地凝視試著把頭髮理直的洛英。

「真的不是小孩子，有初戀情人了嘛！」

不知怎麼，他溫暖的手離開頭頂的片刻，有一道撕扯的痛。

「跟那個又沒關係。」

「妳真的不告訴我那個人是誰？」

她搖頭，「反正也沒想要怎麼樣，只要維持現狀就好。」

「什麼叫維持現狀就好？不想告白？不想交往嗎？」

輪到洛英凝視他質問的神情，將真心話藏入剛剛裂開的傷口中。

「只要心裡喜歡著就好。」

「是嗎？只要妳開口，要我幫忙也是義不容辭喔！」

聽完他半強迫式的聲明，洛英還是一派淡泊，「不用了，初戀不都是這樣嗎？一直放在心底，然後無疾而終。」

「這是哪門子鬼話？一直放在心底，當然會無疾而終啊！」

「你在生什麼氣啊？」

「我是看不慣妳那種無為而治，我告訴妳，我把林以軒追到手給妳看！」

狂言一出，他馬上就後悔了，為什麼會當著洛英的面講出不經大腦的話呢？洛英倒是沒什麼太大反應，好像是預料中之事，就像他從前做過的那樣。

「剛不就問過你，語涵和以軒你選哪個嗎？原來是以軒啊！」

嘖！這傢伙一副事不關己的態度叫他火大。禹承順勢搭腔，「林以軒很好啊！初戀情人耶！」

「喔……那，加油。」

她都這麼瀟脫了，禹承也沒戲唱，說句「我要回去了」便發動機車，臨走前一度回頭，「妳還是不告訴我初戀情人是誰？」

洛英搖搖頭，依舊是打死也不說的固執。禹承撂下大話，「算了，我這麼明察秋毫，遲早會知道。」

她不予置評地目送他離開，直到他的車彎入下一個路口，她依然佇留原地，方才無動於衷的神情終於洩漏一點點的怨懟。

「笨蛋，才不明察秋毫呢！連自己的習慣都不知道……」

那天，送洛英回去後，禹承也回到自己宿舍，然後接連一個星期都半死不活地宅在房間裡。

「打保齡球耶！又不去？」李孟奕抓起禹承的車鑰匙，丟到床上，「去啦！湊人數也好啊！」

坐在床上翻書的禹承興致缺缺地瞥了鑰匙一眼，還是提不起勁，「不要。」

「是怎樣啦？失戀了喔？」

那句話害他摔落書本，「哪有！我只是……」

「只是什麼？」

他想起洛英提起「初戀情人」時的羞澀模樣，聽她瞭若指掌地數算起初戀情人的習慣，才發現這個世界上胡禹承並不是洛英最了解的人，忍不住……嫉妒起來。

他嘆口氣，重新拿起書本，「只是很想去撞牆。」

李孟奕見他不願意坦誠，也不強人所難，把床上的車鑰匙撿起來，遞向他，「不管你在鬱卒什麼，我告訴你，女生就是要靠另一個女生去忘記！去認識新的女孩子，談一場新的戀愛，這是最直接又有用的方法。」

禹承對著鑰匙串考慮半天，將它收下，順便把書翻到剛剛讀過的地方，「下次吧！今天真的沒心情。」

李孟奕拿他沒轍，只好說：「你自己說的喔！下次再落跑，咱們兄弟也不用當了，我立馬跟你切八斷。」

「幼稚耶！」禹承被他的話逗出一絲笑容。

「男人都只是長大一點的大男孩，幼稚的天性是與生俱來，你也比我好不到哪裡去，不用笑我！」李孟奕扯開笑臉，安慰他，「如果真有什麼心事就說出來，憋在心裡真的不會比較好，我可能幫不上忙，不過陪你喝幾杯或是唱一整晚的傷心情歌，倒是做得到。」

「講得好像你很懂一樣！那你說說，那個讓你暗戀多年的青梅竹馬，你打算什麼時候跟她告白？」

「就說了她是我的國中同學，不是什麼青梅竹馬啦！」李孟奕強調著，頓了頓才又洩氣地說：「要不是她那麼難搞，我哪會拖這麼久還不告白？唉，你不知道我有多想牽她的手，多想讓她的世界裡只有我一個男生，多想大聲告訴那些我認識或不認識的人，她是專屬於我的……可是，偏偏她就是那麼難搞，什麼龜毛的堅持一大堆，真是……去他媽的矜持啦！」

禹承再次被李孟奕那一臉挫敗又憤憤不平的樣子逗笑。

「不是說女生就要靠另一個女生忘記？那你要不要先去試試認識其他女生，說不定也就可以忘記你那個國中同學啦！」

「才不要！愛情哪能將就？我就是喜歡她，別的女生我才不要，只要不是她，我就是不要！」李孟奕認真的表情裡有篤定的神采。

「那還說得一副正氣凜然的！我看一點參考價值都沒有！」禹承還是繼續澆冷水。

「才不……唉，你不懂啦！算了算了，本來心情好好的，被你這一攪和都變不好了，你確定你不出門？」

見禹承肯定地點頭，李孟奕才準備出門，「那我跟他們去打保齡球了喔！順便把被你搞毛的壞心情也跟著球一起丟出去。」

「去吧去吧！」禹承也不挽留，揮揮手。

李孟奕在門口穿好鞋，突然又轉頭過來拋下一句，「反正，她有她的堅持，我也有我等待的決心，只要她不說她不喜歡我，我就會一直等她到她點頭。」

「真是固執！看來這傢伙也沒比我好到哪裡去。」當下，禹承心裡閃過這樣的念頭。

等到李孟奕離開房間，禹承才開始認真看書。雖說才一年級，但醫學系的課業重，老是跑聯誼的話，還沒交到女朋友之前就會先被二一了吧！

剩他一人獨處之後，這個房間安靜了五分鐘，手機忽地作響，他猶豫一下，起身將擱在桌上的手機拿起來看，嚇了一跳。

喔！是初戀情人耶！

來自林以軒的第一通電話，是希望禹承能幫忙說服洛英擔任雜誌模特兒，第二通電話是為了禹承的遊說成功而請他吃飯，第三通電話則是兩人相約搭車回老家。

放寒假後，大學生紛紛返鄉。洛英、語涵和柯一龍這三個同鄉在過年前一起出來喝茶聊天，美其名是喝茶，不過是在手搖杯飲料店買了珍珠奶茶喝。

因為是柯一龍發起的邀約，洛英沒找禹承，總覺得這兩個人別湊在一起比較好。

「好、好冷喔……這麼冷的天氣，找個地方坐好不好？」

語涵環抱發抖的身體，猛吸一口熱呼呼的奶茶，洛英瞄瞄她的短裙和長靴，開始動手脫掉自己外套，「妳穿太少了，我的外套借妳。」

語涵及時將她的外套壓回去，順便罵她，「妳不要隨便展現男子氣概啦！難怪沒有人敢追。」

「我才不在乎有沒有人追，又不能當飯吃。」

她又要脫外套，這一次被柯一龍制止。

「說到男子氣概，那就用我的外套吧！」他很快將外套脫掉，同時小聲對洛英耳語，「怕冷的人別逞強。」

洛英稍稍止步，看他體貼地將外套讓給語涵，向來在眾多男生中周旋得不錯的語涵，也不由得害羞失措。

洛英憶起那一次到台北找禹承，他在停車場外也像那樣將自己的外套套在她身上。這個寒冷冬天，他留在外套上的體溫彷彿還拓印在她身體上似的。

她想呀想的，不自覺輕輕笑一笑。等到發現柯一龍正在對她說話時，問題已經重複第二遍了。

「我說，要不要去打球？運動一下就不冷了。」

「喔！那，語涵妳……」

洛英轉向不愛運動的語涵，語涵卻意外乾脆，「我沒問題啊！真的好冷喔！去動一動也好。」

洛英帶他們到一塊空地，有一些建材隨意堆置在角落，周遭長滿一堆雜草。

「兩年前本來要在這裡蓋一個商場，好像是土地有糾紛，一直放著沒動，我和洛欽經常在這裡練球。」

柯一龍正想開口問沒有球和球棒，只見洛英走到那堆建材後面，撥開草叢，拿出棒球、球棒和手套。

面對他傻眼的表情，洛英笑得很得意，「嘿嘿！我和洛欽藏的。」

他們三個人玩起投接球的遊戲，輪流當投手、捕手和打擊手。語涵不敢當捕手，揮棒和投球的姿勢又完全不對，柯一龍和洛英熱心指點她，她也用心學，練到一半忽然喊停。

「哎呀！你們一人一句，我聽得都搞昏頭了。」

柯一龍和洛英互看一眼，她搶先一步，「你請吧！我休息。」

洛英到旁邊的水泥管坐下，一面啜喝珍珠奶茶，一面觀看柯一龍輕輕碰觸語涵腰際，告訴她揮棒的時候不能光靠手的力量，腰力也很重要等等。

十分鐘後，語涵說她要自己練練看，柯一龍便下場休息，順便針對洛英的一臉悠哉，有意無意地抱怨幾句，「妳太詐了吧！」

「反正你教得很好嘛！教練。」

「起碼投球由妳教啊！」

「我啊……」洛英望著語涵揮完棒又回頭檢查自己腰部，望得有點出神，「現在我投的球再也不能壓制你了，老爸說得沒錯，這就是我的極限了吧！」

他不明白她在體力上的遺憾，笑道，「那是妳最近疏於練習，退步了，多練幾球手感就會回來。」

「以前，我和洛欽還有禹承經常在這裡練球，禹承對棒球沒興趣，但他還是會陪我們玩，當他發現我投的球被他打中的次數愈來愈多，有一天，他忽然又變得打不到了。」說到這裡，洛英聳聳肩，揚起嘴角，「本來我很高興，以為是我的投球能力敗部復活，後來才發現禹承是故意的，他沒有告訴我，所以我也不讓他知道我已經發現了。」

聽她訴說從前，柯一龍靜靜收回視線，轉為面向空地中央那個即使揮棒落空卻依然姿勢曼妙的語涵。

「妳知道嗎？這是我第一次不愛放假，寒假太長了。」

「啊？為什麼？」

「一整個月待在這個城市，到處都是妳和胡禹承的回憶。」

她聽完，懂了，變得坐立難安。一陣掙扎後，硬逼自己面向他，「我先說清楚，我一點也不喜歡聽你說那些莫名其妙的話，不要再說了。」

她的坦率反倒讓他的笑容更狡猾。

「所以妳是聽得懂，很好。」

「才不好呢！聽懂之後就不知道該怎麼跟你講話，所以……」

還沒講完，就聽見語涵尖叫一聲，棒球正朝洛英飛來，柯一龍想出手擋球，但白球還是錯過他掌心往洛英臉上擦過去！

「洛英！妳有沒有怎樣？」語涵嚇壞了，丟下球棒跑來。

柯一龍扶起她下巴，對她的臉頰左右端詳，「有沒有打中骨頭？」

「沒有沒有，我很好，球只是擦過去而已。」

「對不起，怎麼辦？萬一留疤痕怎麼辦？」

語涵的語調慌張，害洛英都要擔心她會不會當場哭起來，趕緊安慰她，「真的沒事啦！又沒有怎麼樣，哪來的疤？」

「妳確定喔？這不是開玩笑的，真的沒打到骨頭？」

柯一龍也很緊張，把她的頭轉回來仔細觀察。他的掌心和手指把她的臉弄得熱呼呼又紅通通的，而且快窒息了，再這樣下去，本來沒事都要變有事了……

「哇！」

洛英霍然跳起來！心悸猶存地面向空地外的馬路，路過的禹承和同行的林以軒正往他們這邊看。

「啊！胡禹承！林以軒！」語涵驚喜地揚聲揮手。

林以軒也揮手回應，一旁的禹承則受到巨大衝擊，有那麼幾秒鐘呆若木雞。

剛、剛剛那是什麼情形？為什麼柯一龍會那麼親熱地碰洛英的臉啊？洛英這傢伙，昨天打電話約她出來，用「有事」這麼語焉不詳的答案回絕他，原來是跟柯一龍在一起。

他一走近，洛英立刻心虛地飄開視線。

「很忙喔？」一開口就酸得要命。

「還……還好啦！」她避開他，興奮地找林以軒說話，「以軒，妳是來玩的嗎？妳家不是在台北？」

「我們和阿姨家聚餐，就順便來找禹承。」

「只找禹承啊？」語涵不避諱曖昧問題，笑咪咪地問。

倒是禹承急於澄清似地揚高手上紙袋，「不是啦！她說有驚喜要給洛英，問我她家在哪裡。」

原來禹承打電話找她是真的有事，結果還被她打槍……

洛英心懷內疚地反問：「你幹麼不一開始就在電話裡講清楚？」

「我為什麼要講？驚喜耶！」

洛英一聽，更自責了，幸虧柯一龍適時打圓場，「既然是驚喜，妳事先又不知道。要不要看看是什麼？」

禹承沒好氣地將紙袋遞給洛英，便不再吭氣。這是怎麼回事？他突然變壞人了？

洛英將紙袋拆開，裡面有兩本雜誌。這時林以軒露出神祕笑臉，「前天剛印好，熱呼呼的喔！本來想直接拿去妳家，幸好路上就遇到妳，快看看。」

「哇！我要看！」語涵擠上前來，跟著洛英一起翻閱。

洛英其實不想在大家面前展示上次拍攝的成果，總覺得太彆扭了。當時大叔要她裝的表情很彆扭，要她擺的姿勢也很彆扭，讓認識的人看到自己彆扭的樣子就更彆扭了。

語涵還在熱心地翻找頁面，柯一龍站在她身邊等待，林以軒則掉頭招呼禹承，「欸，你要不要一起來看？」

正巧，洛英和禹承對上視線，他遲疑一下便移開雙眼，「不用了，我只是來帶路。」

語畢，語涵就嚷出吊人胃口的話，「好漂亮喔！洛英！真的好漂亮！最厲害的是不會讓人覺得不像妳，而是升級版的妳！」

「哈哈！妳在說什麼啦！還升級版呢！」

「柯一龍，你看我說的對不對？」語涵硬是指住雜誌裡的洛英，要柯一龍下評論。

「不是升級版。」他溫柔地表達意見，「明明是進階版。」

禹承簡直不敢相信自己的耳朵，那傢伙居然這麼大剌剌地說出來了！洛英失措地奪回雜誌，嚴厲警告，「不准再討論我的照片了！」

林以軒拍拍她的肩，「妳的照片很好，大叔說效果比他預期的要好，我看妳下次改當我的模特兒，讓我偷偷練習，然後超越大叔。」

「妳現在不就正要到我家醫院練拍嗎？」禹承走上來，出聲音催促，「得快點，冬天太陽下山得早，拍不到別怪我。」

林以軒猛然想起正事，匆匆和他們道別後，跟著禹承走了。

醫院？太陽？洛英恍然大悟，禹承肯定是要帶她到醫院頂樓拍夕陽吧？那邊的視野特別好，小時候他們在頂樓玩捉迷藏，玩到最後總是一起看夕陽西沉。

那個地方不再是她和禹承專屬的，想來有些寂寞呢！

寒假即將結束的前一個星期，洛英的媽媽在餐桌上突然宣布他們要和禹承爸媽一起去日本玩。

「禹承媽媽邀了好多次」、「剛好有認識的人，團費可以打折」、「難得幾個好朋友都可以一起去」……那些來龍去脈洛英都當耳邊風，興沖沖探身問：「我們也一起去嗎？去日本哪裡？東京？」

洛英媽媽露出一張「妳在說笑」的表情，「哪有一起？妳和洛欽看家。」

「什麼？」姊弟倆難得同一個鼻孔出氣。

面對孩子們你一言我一句的抗議，媽媽處之泰然地繼續收拾餐桌，等到他們中場休息，才正色道，「都要開學了，準備收心。洛欽，別忘了你是考生，要玩等考完再玩。洛英，弟弟在家，做姊姊的當然要留下來照顧弟弟才行，所以你們兩個，看、家。」

媽媽那番看似有理，其實不近人情的命令，三兩下就把姊弟倆打得落花流水。

出國前，媽媽還特別交代，「禹承家裡只剩他一個人，你們吃飯的時候就招呼他一下，或者叫他來家裡住，一起作伴，知道嗎？」

於是大人們拉著行李箱快快樂樂出國去了，剩下兩家小孩相依為命。禹承經常跟洛英、洛欽一起吃飯，爸媽出國的第四天，洛欽提議禹承到家裡住一晚。

他在接近傍晚的時分來到。

「來了！」

跑來開門的是洛英，她動作一向粗魯，猛地將門打開，差點打著禹承。

他瞄瞄劃過鼻尖的門片，沒好氣地瞪了她一眼，「聽到來開門的人是妳，我居然會有閃躲的本能。」

「嘿嘿！」她領他進屋，隨便指張沙發要他把行李放下，「洛欽出去買麥當勞，等一下就回來。」

他一面放行李，隨口問：「不是妳煮？」

「你什麼時候聽說我會煮？」

「上大學後沒長進啊？」

「我煮，你敢吃嗎？」

「我吃，妳敢煮嗎？」

正鬥嘴，洛欽拎著麥當勞晚餐回來了。他們一起在客廳吃麥當勞，一起看重播電影，又一起收拾桌面，接著一起打格鬥電玩，沒有大人在的屋子鬧哄哄了好久。

彷彿又回到從前。

後來，洛英說要先洗澡，留下洛欽和禹承繼續廝殺。片刻後，禹承不習慣自己的物品亂放，想先把行李袋放在洛欽房間。

上樓前，洛欽叫住他。

「幹麼？」

洛欽手拿遙控器，歪起頭，「好像有什麼事要跟你說，可是又突然想不起來。」

「什麼？」

他努力想了一陣子，最後放棄，「算了，應該不重要，想到再跟你說。」

禹承見他很乾脆地又回頭打怪，便直接上樓。洛英和洛欽的房間沒浴室，他們共用外面的衛浴，所以當禹承一踏上二樓，就撞見剛走出浴室的洛英。

洛英濕答答的頭髮披在肩膀上，依稀還看得見她四周一起帶出的蒸汽，以致於見到她的那一刻，禹承還得費些工夫才發現她身上只圍了一條浴巾！

他怔住，她也是。

洛英大叫一聲，嚇得躲回浴室！禹承也倉惶轉身，差點跌下樓梯！

「靠！臭洛英！妳搞什麼鬼啊？」

洛英背靠著門，緊抓身上快脫落的浴巾，「我、我忘記你也在了嘛！」

聽到二樓的爭執，洛欽抬起頭，「啊」一聲，停頓片刻又繼續打怪，「來不及了。」

即使轉過身，禹承的心臟還是撲通撲通得好劇烈，胸口的緊繃讓他焦躁起來，「就算我不在，妳也不能就這樣走出來啊！穿一下衣服會死啊？」

「我懶得拿睡衣到浴室嘛！」光是躲在浴室還不夠，她巴不得立刻挖個洞藏進去，

「吃虧的人是我，為什麼我要被罵成這樣啊？」

「因為妳會害我晚上作惡夢，不罵妳罵誰？」他在兩秒鐘的停歇過後，發覺說得太過分了，語氣變為緩和，「我什麼都沒看到啦！」

「……我想回房間了。」

「妳數到十就出來。」

洛英倚著門，乖乖從一開始數，數到五的時候，悄悄開門，從門縫窺望出去，補捉到禹承下樓的背影，僅僅一秒鐘的背影，卻深烙在她腦海揮之不去。

睡前，他們玩起撲克牌遊戲「心臟病」。向來都是洛英玩最瘋，她破錶的嘶吼、猙獰的表情、粗魯的手勁總是力壓群雄，今晚卻意外收斂。

「五。」

洛欽丟下一張黑桃五，洛英和禹承同時要出手，也同時打住！

兩隻即將要交疊的手，在四目相交之後又默默收回去。洛欽拿著撲克牌，看看禹承，再看看洛英，生氣地把牌甩在地上，「你們在演哪一齣啦？這樣怎麼玩？」

「囉嗦！快十二點了，收攤啦！我要去睡覺了。」

洛英扔掉撲克牌，逃也似地跑上樓。等到聽見關門聲，洛欽才動手收起撲克牌，衝著禹承賊兮兮地笑，「難得看到我姊也會害羞，到底是發生什麼事？」

禹承用力推他的頭，「什麼都沒有！話又說回來，浴室那麼重要的事，你要早點警告我才對啊！」

洛欽把他的話當耳邊風，顧左右而言他，「上次看到那個男人婆害羞的樣子，好像是放寒假之前，柯一龍送她回來那一次。」

「柯一龍？」

「嗯！他有時候會送她回家，只不過那一次不知道他們在講什麼，我姊就……怪怪的。」說到這裡，他皺起眉，「柯一龍該不會喜歡我姊吧？」

「我怎麼會知道？」奇怪，這下子不只心跳得很用力，還揪了起來，好難受，「搞不好是孫洛英暗戀人家呢！」

「她喔！她不可能啦！因為……」洛欽將那疊撲克牌收進盒子，瞥了瞥禹承，決定不講完，「反正我覺得柯一龍不是她的暗戀對象。」

那一晚，輾轉難眠，洛英和禹承都一樣。洛英抱著棉被，在黑暗中睜著眼回想浴室外面那一幕，禹承見到她，一整個愣到不知道該怎麼辦的模樣，怎麼說呢……好可愛呀！

洛英情不自禁將臉深深埋進棉被裡，悠悠回憶，當時她背靠浴室的門開始從一唸到五，某種非常飽滿的情緒也隨著數字慢慢溢出，直到她打開門，望見禹承體貼走開的背影，看啊看的，她才明白，其實並不想要他離開，很多時候，她希望他能夠留下，在一起。

「啊！不行！」洛英用力翻身坐起，為自己剛剛那一剎那閃現的念頭感到不可思議，不能再胡思亂想了。

她下床，摸黑走到一樓找水喝，看見樓下一枚黑影，嚇得抓緊樓梯扶手！

黑影聽到腳步聲回頭，原來是禹承。

「你要嚇死人喔？」她按住胸脯鬆口氣。

「突然想到手機沒帶上去，下來找。」

「手機？」

洛英走到他附近，跟著一起低頭搜尋，禹承狐疑地詢問：「妳半夜不好好睡覺，下樓來幹麼？」

「嗯……喝水。」正說著，她已經發現掉在沙發夾層中的手機，「找到了，拿去。」

她將手機遞向他，禹承順勢接過來，閃避了一整晚，兩人的手在最無意的這一刻觸碰在一起。

暖暖的，有電流通過。

他看著她，她也看著他。以前經常牽手，從來也沒什麼，因為習慣了。現在對於未曾有過的悸動，感到很不習慣。

禹承讓自己的指尖在她手上多停留一會兒，才將手機拿走，問起柯一龍，「聽說，柯一龍經常送妳回家？」

「嗯？」怎麼突然提起他，「也不算經常，只要我們一起搭車，他幾乎都會送我，說是順路。怎麼樣？」

禹承不看她，顧著把玩手機，「他該不會……就是妳說的那個吧？」

「那個是哪個？」

「初戀情人。」

洛英張大嘴，嚇出一身冷汗。她慌張的模樣令禹承以為自己說中了，「是他吧？一直在妳身邊的人。」

第一時間她急著否認，後來考慮到禹承也許會追根究柢，而臨時改變說法，「是誰跟你有什麼關係？反正我絕對不會說，不要再問了。」

她逃到冰箱那裡，假裝要找飲料，禹承就近坐在沙發把手上，看她東翻西找，心情複雜起來。如果洛英確定有心上人，那他就能夠守好朋友的位置，縱然心底不是滋味，似乎也不是壞事。洛英拿出一瓶礦泉水丟過來，他接住後並沒有馬上打開，而是躊躇地說起另一件事，「上次不是遇到以軒嗎？」

「嗯！怎麼了？」

以軒，以軒。他們在她所不在的台北，什麼時候要好到可以直呼名字啦？分隔兩地後，洛英和禹承各自展開不同的生活，她不曉得禹承今天跟誰一起吃飯、一起看電影，有沒有遇到快樂或難過的事，在她和林以軒還脫去不了一點生疏感的時候，當然也不清楚禹承和林以軒熟稔到什麼地步。

「在我家醫院頂樓的時候，她說……」講到一半，他搔搔頭，轉為喃喃自語，「可以說嗎？跟妳說好像也怪怪的。」

洛英瞄瞄他，隨便亂猜，「初戀情人……被你追到了？」

他迅速抬頭，被一語道中的樣子，卻仍有幾分猶豫，「那樣說也可以……吧！」

沒關上門的冰箱透出鵝黃色的光，照亮她怔忡的半邊側臉，也照亮禹承欲言又止的神情。他起身，走到她面前，關上發出「嗶嗶」聲的冰箱。

近在咫尺的體溫，讓人有擁抱的衝動。

愈是喜歡他，就愈有溺水般的感受。一旦掙扎，會陷得更深。

「什麼嘛！原來你們早就在一起囉？這種好消息為什麼不早說？」

儘管難受，可是臉上依舊燦爛笑著，她真搞不懂自己。

「因為還不是很確定，也不能說在一起……有時是在一起……」禹承自己說到鬼打牆，擅自下結論，「總之，妳聽聽就好，我要上去了，晚安。」

「晚安。」

不若之前和趙友蓉正式交往的雀躍，這一次，禹承的反應顯得低調許多，不過，人是會長大的，禹承是變得比較沉穩了，所以才想要不衝動地，一步一步地好好和以軒在一起吧！

「兩情相悅啊……」

靠著冰箱，洛英在黑暗中凝視天花板，輕輕闔上眼，慶幸剛才一直摸黑和禹承交談。她想，她的表情一定很糟，那種受傷的、嫉妒的表情……她不想讓他看到。

爸媽回國的日子倒數三天時，台灣上空有鋒面通過，天氣變得又濕又冷，洛英因此開始咳嗽、打噴嚏。

她在床上裹著棉被看漫畫，洛欽敲門進來。

「我們一群朋友約好要開讀書會，要住我同學家兩天喔！」

「啊？臭小子，你擺明是要丟下我一個人看家，自己去逍遙就對了？」

「哪有逍遙？就說是要念書，我們很用功的。」

「屁啦！」她繼續翻下一頁，吸吸鼻子，「要滾就快滾。」

洛欽聳聳肩，離開房間，不到三秒又繞回來，不放心的口吻，「妳感冒囉？我看我還是不要去好了。」

哇塞！弟弟都這麼窩心了，做姊姊的哪好意思小氣！她擺擺手，要他快走，「我是住在赤道國家的居民，不習慣冬天啦！你走了，整個家就是我的。」

他還是半信半疑，臨走前叮嚀她，「有事就打電話給禹承哥吧！」

洛英抬起頭，不說好，也沒說不好，不語地回到漫畫中。

後來，洛英的病情加重，依舊沒打電話給禹承。她從下午開始發燒，燒了一整晚，依照慣例以為差不多該退燒了，沒想到體溫飆得更高，全身力氣也被一口氣燒個精光。

縮在床上動彈不得時，安靜的房間響起手機鈴聲，她轉頭看了書桌上的手機一眼，不行，連起身的力氣都沒有，不接了。

手機響了一陣子便靜下來，不多久又開始作響，看來對方不會死心。

「哎唷……誰啦……」

她拖著氣若游絲的身體滑下床鋪，爬到書桌前，費力拿到手機，咦？禹承？

「喂？」

「洛英喔！妳在幹麼？」

我在使盡吃奶的力氣接你電話啦……

「睡覺。」

「下午五點睡什麼覺？妳聲音怪怪的，真的感冒啦？」

「你怎麼……」

「洛欽打電話跟我說的。妳有沒有發燒？有哪些症狀？」

她登時結巴，禹承真不虧是念醫科的，還沒當上醫生，講話倒已經有模有樣。

「有發燒啊！」她咳了幾聲，覺得冷，慢吞吞爬向床鋪，「拜託不要再跟我講話了，我沒力氣。」

「不行，先跟我講完才能放過妳。妳有沒有覺得肌肉痠痛？」

「有啦！為了接你電話來回移動，更痛了。」

禹承沉吟片刻，說：「我幫妳打電話叫洛欽回來？」

「不要！他在準備考試耶！回來的話被我傳染怎麼辦？」

「那不然我過去吧？我載妳來我家醫院看個病。」

「啊？」她頭一次覺得禹承很煩，就讓她靜靜地窩在床上養病嘛，「不要啦！你來，我還得下樓幫你開門，我真的不想動了。」

「不用妳開門，我會不知道你們家備份鑰匙藏在哪裡嗎？」

喔！也對。洛英掛了電話，繼續把自己裹在厚厚的被窩。才陷入昏睡，禹承人已經到了，她連開門聲都沒聽見。

意識到他的存在，是因為那放在額頭上的手掌，大大、粗粗的，溫柔的力道。

用耳溫槍測量過之後，禹承搖搖她，「洛英，起來，我帶妳去醫院。」

她微微睜開眼，瞥了他憂忡的面容一下，很快又闔上，搖搖頭表示不想去。不是因為懶惰，而是她真的沒有絲毫力氣跑這一趟了。

「走啦！我怕妳是得流感，必須投藥才可以。起來，看完病我馬上載妳回來睡覺。」

禹承也不管她同不同意，逕自將她背起來走下樓去。外面下著雨，家裡唯一的雨衣讓洛欽穿出門了，禹承把自己穿來的雨衣讓給洛英穿上，然後騎機車載她到醫院。

她全身軟綿綿，還有些意識不清，整個人攤倒在禹承背上，他怕她摔下車，只能騰出左手扶著她，右手慢慢催油門，冒雨載她去醫院。

大冬天還淋雨，他都覺得自己跟瘋子一樣。

來到醫院，洛英發高燒連路都走不好，禹承撐著她進去，然後動用院長兒子的關係讓她插隊看診。坐著等領藥時，昏沉沉的洛英往右靠在他身上，就像從前他們看電影時那樣，禹承看看肩膀，推推她的頭，「洛英，我身上濕濕的，不要靠在我身上。」

她沒睜開閉闔的眼，夢囈般嘟噥著，「不會啊！禹承……很舒服。」

細小的聲音，他卻聽得清楚，古怪的語法，他彷彿懂得。

在猶豫的那一刻，心動了。

洛英全身燙呼呼的，靠在冰涼的他身上，應該是很舒服。而他淋得全身濕透，醫院空調正讓他禁不住發抖，旁邊的洛英就跟暖暖包一樣。

像是寵著她，又像對她沒轍，禹承轉回頭，任由她靠在自己身上。

快篩結果確定是A型流感，洛英吃了藥，他才放心，然後載她回家。接連淋了兩次雨，禹承整個人已經狼狽不堪，滴滴答答的。

他幫洛英脫掉雨衣，先把她安置在客廳沙發。

「我先借洛欽的衣服穿喔！不然，濕成這樣沒辦法背妳，等等再過來。」

換好乾爽的衣服，再把洛英背上樓，禹承已經元氣大傷，筋疲力竭，「累死我了，孫洛英，等妳病好，看妳要怎麼好好報答我。」

掉頭望望安靜的後頭，洛英睡得不省人事，臉頰還因為高燒紅通通，呼吸也急促，看上去真的很難過，他心疼地凝視一會兒。

「算了，等妳病好再說。」

來到床鋪前將她小心放下，洛英的腳一個不小心絆到他，整個人滑下去，幸虧被禹承及時接住。

「哇！妳站好……喂……」

「碰」一聲，兩個人一塊兒跌坐在地上！洛英趴在他身上，他抱著她，背靠床，嚇出一身冷汗。

原本想馬上將她扶到床上的，良久，動也沒動，他靜靜的……只是靜靜的。

洛英的身體又香又柔軟，是不折不扣的女孩子。他總說她是男人婆，他們一直稱兄道弟地相處，但，對他而言，洛英確實是一個特別的女孩。在他懷裡感覺好嬌小，他不想放開，因為他們正在擁抱，只有她睡著的時候，才能擁抱。

第七章　有時

身體不會再發冷，沒那麼沉重不堪，也感覺不到燙呼呼的熱度，舒服多了呢！

洛英緩緩睜開眼，視線費了一些工夫才適應房間昏暗的光線，晚上了嗎？幾點？房內開著夜燈，燈光附近有一個熟悉人影席地而坐，正在專心看書。

桌上有大藥袋，她去看過醫生了嗎？已經不記得稍早發生過的事了，就連自己是怎麼出門又怎麼回來的，洛英都想不起來。

可是，禹承就在她身邊，想不起來也沒關係了啊。

禹承抬起視線，撞見她正明眸圓睜呆呆看著他。

兩人不動聲響地互視一會兒，洛英先開口，「你怎麼沒有趴著睡覺？」

「我為什麼要趴著睡覺？」

「電視上不都這樣演的？照顧病人的那個人會趴在床邊一起睡著……」

「白痴，睡著了怎麼照顧病人？電視亂演。」他放下書，起身走來，用手探探她的額頭溫度，笑一笑，「退燒了。」

哇……好棒的笑容！

她不由得將棉被拉到鼻子，蓋住半張臉，不敢讓他發現自己花痴的表情。

禹承也沒注意到，走去幫她倒一杯水過來，「妳現在是因為吃退燒藥才退燒，藥效過了可能還會再燒起來，多喝水。」

她撐著身子坐起來，接過水杯，「現在幾點？」

「凌晨兩點吧！妳肚子餓不餓？」

洛英認真想一下，說：「廚房櫃子有泡麵。」

「我已經把飯煮好了啦！我去拿。」

「你煮飯？」

瞧洛英一臉不敢置信的樣子，他倒嗤之以鼻，「照電子鍋的標示去煮，誰不會啊？」

不久，禹承果真端了一鍋熱騰騰的白飯上來，不過也就只有白飯而已，他說其他食物就在能力範圍以外了。

洛英盛好一碗白飯，身體狀況好轉，才發覺肚子餓壞了，她狼吞虎嚥扒了幾口飯，發現禹承正得意洋洋地瞅著她的吃相。

「什麼啦？」

「嘿嘿！吃著本大爺煮的飯，妳有沒有覺得很恥辱？」

「……」

「妳啊，在女人味這方面真的要多長進才行，萬一有一天別人拿妳來跟我比，這樣妳多丟臉？」

嘖，媽媽不在家，為什麼她還是照樣被唸啊？

「我、我有長進啊！別小看我。」

「哪裡？」

「啊？真的假的？」

她遲疑一會兒，才決定老實宣告，「我會彈垃圾車的主題曲了。」

「真的，不信我彈給你聽。」她頓一頓，附加說明，「不過，我彈得很『掉漆』，你不能笑喔！」

洛英有一台塵封多年的舊鋼琴，那是她小時候，媽媽希望將女兒培養成氣質才女而買下來的，誰知道事與願違，洛英小一的時候只學三個月就被鋼琴老師退貨。

將防塵罩拿開，禹承直到親眼看見那座鋼琴才相信，「我來妳家這麼多次，從來不曉得這裡有鋼琴耶！」

「現在是半夜，我把鋼琴聲音調小喔！」

當洛英拿出〈少女的祈禱〉的琴譜，禹承又發問：「妳怎麼會有譜？」

她不好意思說出是向趙友蓉要來的，「你管我，閉上嘴安靜聽。」

她坐好，雙手在琴鍵上擺正，然後……開始。

SO DO MI SO DO MI……旋律快速爬高，〈少女的祈禱〉在凌晨兩點時分安穩地流洩出來。他站在一旁聆聽，暗暗驚訝，粗手粗腳的洛英真的把這麼難的曲子學起來了。

老實說，洛英彈得並不好，彈錯了好幾個音，中間也停頓太久，誠如她所言，很「掉漆」。可是，禹承的視線卻沒有辦法從她身上移開，那笨拙又認真的神情，不慣用的鋼琴指法，在他眼底卻化作滿滿的感動，這首百般出錯的垃圾車主題曲忽然變得像天籟。

該不會是為了他而拚命練習的吧？他不能那麼問，但不禁要那麼想。

完蛋，莫名其妙地想抱住她啊！跟上次在堤防盡頭那個擁抱不同，他是……想把她佔為己有。

他是……很喜歡洛英，好喜歡，好喜歡。

要是這一刻的時間能夠就此凍結，要是全世界都像這個夜晚一樣，只有他們兩個人，該有多好。

在他分心的時候，洛英好不容易將〈少女的祈禱〉彈完了，她放下手，回頭，「怎麼樣？」

「嗯？呃……還可以啦！」他不敢再和她四目相接。

「欸，禹承，謝謝。」

「嗯？謝我當妳聽眾喔？」

「不是，謝謝你照顧我一整天。」洛英微微一笑，「雖然你老是說你不想當醫生，可是我覺得，如果哪天你真的成為醫生了，一定是一個很棒的醫生。」

他登時回不了話，洛英真心的坦白和微笑都讓他不能思考，怎麼辦？可愛到爆炸啊！

「洛、洛欽什麼時候回來？」他趕忙扯開話題。

「他說明天中午前。」

「那，既然妳也退燒，我先回去了。」

洛英大吃一驚，跟到他身後，「現在凌晨兩點耶！明天再回去吧！」

「不用啦！妳趕快回去休息，不用送我。」

他沒來由急著離開叫洛英一頭霧水，「你可以睡洛欽房間啊！之前不是都這樣？」

「不要。」

「為什麼？」

他們一個逃一個追地來到玄關，禹承終於願意回頭看她，「我問妳，妳真的認為我留下來好嗎？」

她頭上的問號冒得更多，這傢伙幹麼沒事變得這麼嚴肅？

「為什麼不好？你好奇怪，小時候也經常住我家，幹麼現在又在躲我的樣子？」

洛英還一臉無辜，他變得生氣焦急，「小時候是小時候，現在是現在。」

「現在又怎麼樣？」

「現在不一樣了。」

「哪裡不一樣？你有的時候真的很難懂耶！是哥兒們就不要……」

她爭執到一半，嘴巴被用力摀住，還弄不清楚狀況之際，禹承已經親吻上去。

洛英睜大眼睛，呆得一動也不動，直到他輕輕放開手，半責備半生氣地望著她。

「不要再說哥兒們，我是男生，妳是女生。」

犀利的切割令她全身緊繃，見到她受驚的神情，禹承這才些許內疚。

「小時候和現在根本不一樣，有點自覺好不好？」

他再次望了她一眼，轉身開門走了。門關上的聲響並不重，在洛英心底卻像一記重重棒喝，她注視他離去的門口，顫抖的指尖才剛碰觸到嘴唇，眼淚馬上掉下。

她也不知道難過什麼，或許是因為禹承毫不留情地畫出楚河漢界，又或許是因為隔著掌心，那個不算吻的吻……

禹承在夜深人靜時分獨自回到空無一人的家，前一晚明明為了看顧洛英沒睡，現在躺在床上卻怎麼也不成眠。腦袋混亂得很，許多事情揪在一起打架，一下子回想那個洛英並不知情的擁抱，一下子又是他的手掌一離開她的臉時所觸見的驚惶神情。最後，他憶起那個特別冷的日子，帶著林以軒到醫院頂樓拍風景，林以軒以一派專業的架勢按下數十張快門後才休息。他們倚在女兒牆看了好一會兒的夕陽，就在他想到差不多該送她回阿姨家之際，驀然發現林以軒不知何時已經安靜地注視他，眼神含有幾分懷念。

「嘿！你知道嗎？其實小學的時候我暗戀過你。」

那句話是林以軒說的，所以禹承當場呆住，半晌，只能傻呼呼發出一聲疑問詞，「啊？」

「呵呵！嚇一跳吧？」她托著下巴，兀自笑得開心，「因為你是轉學生，當然就特別注意你。記得洛英不知道為什麼跟你交換打掃工作，我們才一起掃廁所，那個時候我偷偷高興好久呢！」

「呃……這樣啊！我完全不曉得……」

第一次有女神主動承認對他有好感，禹承的思緒頓時化為空白，只能擠出不著邊際的話作為回應。

「你不可能會知道啊！那個年紀的孩子就算心裡喜歡，也不會懂得該怎麼表達吧！」她轉回頭面向遠方的夕陽，深呼吸，又輕輕吐氣，「雖然，長大之後也不見得會變得比較高明。」

「嗯？什麼意思？」

林以軒瞧瞧他，似乎就在那一秒鐘腦海閃過一道念頭，使得她多花了幾秒鐘和困惑的禹承四目交接，然後問道，「禹承，你有女朋友嗎？」

這天外飛來一筆的問題害他嚇壞了，怎、怎麼回事？事情的發展超乎他想像能力以外地順遂呀！照這樣看來，她下一句話該不會是愛情片裡常見的台詞吧？

「到底有沒有？」

「沒有，雖、雖然沒有……」

可是目前沒有交女朋友的打算。那句話還來不及脫口而出，下一秒林以軒便接著說：

「那麼，有時當我的男朋友，好嗎？」

有時？

寒假結束了，自從那個掌心之吻以後，禹承和洛英在沒有見面的情況下，各自返回學校，迎接新的學期。

新學期開始，有了一些變化。首先，語涵成為棒球隊的經理，她自己跑去應徵的，聽說隊員樂歪了，每天練球的人數踴躍，而且個個精神飽滿。

「從來沒聽說妳喜歡棒球。」

雖然洛英對於語涵成為棒球隊經理這件事感到高興，但還是想不透為什麼。

「哎呀！寒假的時候跟你們隨便亂玩一次，就突然覺得有趣了。」她在宿舍換上輕便服裝，笑嘻嘻捧住面頰，「而且，『棒球隊經理』，妳不覺得這稱呼很浪漫嗎？」

語涵該不會也在看安達充的漫畫吧？

「對了，這個星期天我又要上台北拍照，妳要不要去？這次柯一龍也會一起去喔！」

語涵對於雜誌拍攝的工作很有興趣，之前都會要求跟著洛英一起北上看熱鬧。

「柯一龍要去？」她暫停戴上帽子的動作，「為什麼他想去？」

「他要上台北找朋友，也好奇我那些照片是怎麼拍出來的。」洛英收拾背包，準備上下一堂課，「他說這個攝影師很不錯，把照片拍得很『活』，哈哈！好奇怪的用字。」

語涵看著她一如往常的開朗，笑著聳肩，「我這次不去了，妳跟柯一龍去吧！」

「咦？為什麼？」

「我有聯誼啦！週末滿檔。」

「這樣啊……」

見到洛英失望的表情，語涵上前摟摟她，「反正這次有護花使者跟妳一起去，很好啊！」

「啊？不要啦！拍得好好的，為什麼突然要喊卡？」

「其實拍照的工作……我有點想喊停了。」

洛英為《Pretty Girl》拍照過兩次，雜誌刊登出來後，聽說詢問度很高，清新亮麗的形象大受歡迎，這也使得黃佐川那位編輯大叔不肯放她走。

洛英老實招認，「原本會答應接這工作是為了禹承。現在他好像跟林以軒進行得很順利，所以，我應該可以不用再去了。」

語涵回想一下寒假時遇到禹承和林以軒一起出現的畫面，恍然大悟，「禹承喜歡林以軒？看不出來啊！我倒覺得他比較……」

意識到自己多嘴，她緊急打住，瞧瞧納悶的洛英，笑著四兩撥千斤，「那妳這次上台北跟大叔提提看好了，不過，我想他還是會想辦法留妳。」

等語涵去球場，洛英才慢慢吞前往教室大樓。偶爾在路上會遇到看起來是男女朋友的學生經過，她的目光追隨了一陣子又收回。

不願意繼續拍攝工作的真正原因，是她不想再看到禹承和「有時是在一起」的林以軒，那會讓她難過。

北上的列車中，柯一龍瞥瞥身旁的洛英，忍不住問：「為什麼悶悶不樂的樣子？」

「嗯？喔！因為一想到要去推掉人家的邀請，覺得壓力好大，要對別人的好意說『不』，我向來對這種事很沒轍。」

「既然是好意，接受也無妨啊！」

「不是那麼簡單……」

她更悶悶不樂了，但是沉默一會兒，再看看沒有繼續搭腔的柯一龍，發現他正興味地瞅著她。

「什麼啦？有屁快放。」

「呵呵！孫洛英跟『複雜』還真是不搭嘎。」

「我也只想簡簡單單就好。」

「那是誰把事情弄複雜了？」

「……」

她一臉有難言之隱的神情，柯一龍接著說：「有時候只想要簡單，妳不覺得這也是一種鴕鳥心態？」

「鴕、鴕鳥？」

「是啊！說難聽一點是逃避。『複雜』沒什麼不好，只是選擇變多了而已。」

她稍微懂了，想一想，才幽幽說道，「就算做了選擇，也有事與願違的時候。」

「那再換一個選擇好了，選擇永遠都不嫌多。」

也不知道他到底猜不猜得到她的煩惱，可是心裡舒坦多了。洛英對他微微一笑，「所以，我喜歡跟你講話，你有的時候就像是隱居山中的高人一樣。」

他為她生動的形容笑幾聲，又問：「只喜歡說話？」

柯一龍似笑非笑的溫柔神情讓她忸怩不安，洛英結結巴巴地回答，「也、也喜歡跟你一起打球啊。」

那不是他想要的答案，不過，現階段似乎只能點到為止，「謝啦！」

到台北攝影棚之後，果不其然，大叔聽完很是遺憾，「不繼續真的很可惜，拍照的時候不開心嗎？」

「也不是不開心……」

見她欲言又止，大叔不再追問原因，只是吐氣而笑，「有一個運動品牌的案子，我原本要讓妳和以軒接手試試看呢！難得她這麼躍躍欲試。」

「接手？」

「啊！說人人到。」

林以軒正巧從門口走進來，身邊是禹承，兩人不知在聊什麼，有說有笑。

洛英嚇一大跳！禹承也在？媽呀！她沒有心理準備啦⋯⋯

禹承發現她，愣愣，尷尬指數瞬間飆升！

「啊！洛英，妳來啦！大叔跟妳提過那個案子沒有？」林以軒快步來到她身邊，興奮地抓住她雙手，「很棒對不對？不是只穿美美的衣服，這次是要搭配各種運動裝備喔！」

這時，大叔打斷她的一頭熱，介入說明，「洛英說拍完這一期就不拍了。」

四下忽然陷入錯愕的寂靜，禹承驚訝之餘所想到的是：那麼，以後除了在老家，他和洛英就不再有其他見面的機會了。

會做這個決定，是因為那個、那個⋯⋯那個不能算是吻的吻嗎？

一旁看熱鬧的柯一龍先瞄瞄神經緊繃的禹承，再瞧瞧為難的洛英。高中時，當禹承為洛英出頭，出手揍人，他當他們是要好的死黨。後來好幾次在校園、在街上撞見他們相處愉快的光景，開始懷疑並不是死黨那麼簡單。進了同一所大學，他和洛英變得愈來愈熟悉，他才發現即使胡禹承沒有和他們在同一個城市，他還是無時無刻出現在話題裡，洛英總是將「禹承」這個名字掛在嘴邊。

於是，柯一龍大概能猜到洛英那些簡單與複雜的煩惱所為何來。如果可以，他希望胡禹承在愛情這方面和洛英一樣遲鈍。因為一旦禹承察覺到洛英隱藏起來的心思，那麼他的勝算或許就連一丁點都沒有了。

另一方面，為了洛英的退出，林以軒正集中火力說服她。放棄這個機會真的很可惜，好不容易大叔願意點頭讓她擔綱攝影師的工作，運動品牌的案子由洛英來做是最合適不過了……

洛英被接連轟炸，沒辦法反駁半句，不僅不擅婉拒別人的好意，就連女孩子的拜託她也沒轍啊！

「好、好啦！我接，就接這個案子就好。」最後只能投降。

「哇！太棒了！謝謝妳！」

林以軒高興之餘，用力擁抱洛英一下，然後跑回禹承身邊，親暱地拉拉他手肘，「欸！你聽到了嗎？只要洛英答應，這個案子就幾乎成功一半了！」

禹承八成老早就聽說過案子的事，露出一枚和煦溫暖的笑容回應，偶爾會幫她抽出被相機肩帶壓住的髮絲。

「欸，那個男生常常跟以軒同進同出耶！他們在交往喔？」

「不知道，不過那男生對以軒好體貼，好像還會接送她過來攝影棚。」

一旁的工作人員私底下的耳語，並沒有刻意控制音量，使得附近的人都聽得見。

洛英胸口發著疼，卻努力裝作若無其事。

一掉頭，發現大叔也正往禹承他們的方向看，帶著跟她相似的神情，不過他收斂得

快，上前走到他們中間，提起外拍的事。

因為是運動品牌的案子，所以在戶外取景比較適合，地點已經決定是溪頭。

「洛英，妳哪天有空？順利的話，一天就可以拍完。」林以軒說到這裡，好意告訴她，「妳不用太擔心只有兩個女孩子不安全，禹承也會去。」

啊？洛英迅速抬頭，正巧和禹承的視線撞上，下意識就閃開。禹承如果不去，她或許會覺得好過一些，現在這種兩女一男的組合，不是擺明要她當電燈泡嗎？救命啊……

「好像很好玩，我也可以一起去參觀嗎？我會安分地在旁邊看，不會打擾你們工作。」柯一龍走上來，客氣地詢問林以軒。

林以軒先看看他，再看看洛英，大概聯想到什麼，大方地點頭答應，「歡迎啊！有認識的人在，洛英應該比較不會緊張，對吧？洛英。」

洛英望向柯一龍，他輕輕靠近，眨個眼，「就讓我厚臉皮當個跟屁蟲吧！」

才沒有嫌他厚臉皮或跟屁蟲呢！相反的，他的加入讓洛英大鬆一口氣，至少當禹承和林以軒在一起時，她不會感到被孤立。

洛英真心感激，「不會啊！你去，很好。」

那句話不經意竄入禹承耳中，關於柯一龍就是她初戀情人的猜測，難不成是真的？

洛英完成雜誌的拍攝工作，準備去車站搭車，禹承在大樓門口攔住她。

「我有話跟妳說。」

可是，她不想跟他說話，那個不曉得該定位是什麼的吻讓她很難為情，看見他和林以軒恩愛的畫面也很受傷，她沒有那麼厲害，能夠在短時間內就粉飾太平。

「我、我要趕車，有話等我回去再講。」

「白痴，等妳回去是要怎麼講？」

居然罵她白痴？洛英站住腳吼回去，「你才腦殘！不會打電話喔？」

「我才不要用電話講啦！現在面對面講。」

這傢伙……比她更蠻不講理就對了？洛英偷偷瞥向柯一龍，冀望善解人意的他能像往常一樣解救她，哪知他竟然窩裡反，「反正我們沒事先買票，到時候看有哪班車先到就搭那班好了。」

「你……」

「不要當駝鳥，記得嗎？」他離開前在她耳畔說起悄悄話，然後笑咪咪揮手，「我朋友到附近了，跟他說個話就過來找妳。」

洛英無助地目送救星離去，然後轉回頭。放馬過來吧！

禹承下定決心放手一搏，鄭重其事地開口，「那個……那天在妳家……我很抱歉，對不起。」

他居然直接道歉了！

「不要緊啦！我自己也不好，想得不夠多……」

不對啊！話又說回來，如果不把他當哥兒們，那他們又能夠是什麼關係？

「我們……真的跟小時候不一樣了，不能再像以前那樣自由自在。」

他的感慨，她明瞭，也深有同感，可是無能為力。

「長大了，自由自在的空間就相對變小，大概是這樣吧！」

「洛英。」

「嗯？」

「起碼，讓我們兩個自由自在相處的時間……比起別人再多一點吧！」

他對他們友誼的珍惜，第一次讓她有心酸的感受，即便如此，洛英依然將嘴角咧得更歡愉，「放心，我對你最夠義氣，兩肋插刀，實話實說，有福同享，有難……」

「洛英。」禹承沒讓她一口氣講完，反而悵然一笑，「在我身邊就好。」

「……」

心好痛。

一陣止不住的酸意襲來，她拚命忍住聲音的顫抖，直接告訴他，「我沒辦法，禹承身邊的位置，已經有人了啊。」

他還沒能會意，洛英匆促道過再見後，便快速越過馬路，她的任性、她的自私……好難堪。

柯一龍遠遠看到她跑來，正想笑著問她急什麼，誰知洛英一句也不吭地掠過他一直往前走，穿越兩三個路人，愈走愈快。

「等等，車站不是那個方向……」他趕緊跟上，捕捉到低著頭的她滿臉快哭出來的神情，追問道，「怎麼了？」

洛英搖頭，嘴抿得緊，一副說什麼也不招的倔強，柯一龍喚了她的名字幾次，索性一把拉住她，「到底是怎麼了？」

拉扯的力道讓她往後跌，她順勢將頭埋入柯一龍胸口，不讓任何人看見落淚的臉。

柯一龍望著將額頭抵在自己身上的洛英，輕輕用手撫摸一下她的頭，「不像妳啊！」

「就因為不像我自己……不像我自己……」

說著說著，她心痛地哭泣。

柯一龍不明白她到底為了什麼事而難過，多希望他能懂，如果將她攬入懷中，他們之間的距離是不是就能超越那道多年的友誼？

禹承不放心忽然不對勁的洛英而追出來，狂奔到路口便打住。他看著柯一龍和洛英，無法再跨出分毫步伐。

他們要永遠做朋友，他們要彼此坦誠，他們沒有違背約定，只是有些話……一些深埋心底最真心的話，始終沒有機會說出口。

洛英所接下的那個運動品牌是名不見經傳的小公司，他們的主管無意間翻閱到《Pretty Girl》雜誌，看上洛英的外型魅力，希望藉著清新面孔的模特兒和新一輩的攝影師所合作的照片來吸引年輕族群。外拍前，她和林以軒一起參加過那間公司的前置會議，溪頭外拍的日子就敲定在下個星期二。

日子愈接近，洛英心情就愈加沉重。她在沒課的下午，來到球場外圍看棒球社練球。響亮的擊球聲，熱血的吆喝，滑壘時噴濺的紅土，置身在其中一定很暢快吧！她好想也進去跑一跑。

語涵在一旁分倒茶水給隊員，棒球隊經理免不了粗重工作，但她看上去忙得不亦樂乎。又是一記強力打擊，柯一龍丟下球棒全力跑壘，洛英目光牢牢追隨他汗濕的帥氣面容，在逐漸回暖的春風中輕輕陷入困惑。

其實，就算柯一龍沒有明說，她也猜得到一二，那些溫柔話語和窩心的舉動，都不禁讓她反覆思索關於「選擇」的問題。如果選擇了他，是不是就能夠徹底放棄禹承了呢……一剎那，洛英猛然清醒，用力敲自己的頭，她在想什麼？又不是在百貨公司買東西，選這個、捨那個的。自私的想法，退散退散！

球場傳來一陣驚呼！洛英一看，一群人朝坐在地上的語涵蜂湧而上，她按著腳踝，神情痛苦。

柯一龍當機立斷地將她公主抱起，離開球場，洛英連忙跑上前，「語涵怎麼了？」

「被我的球打到，我先帶她去冰敷。」

洛英擔憂地探視語涵，那麼嬌弱的女孩子，被棒球打到怎麼得了……咦？為什麼被柯一龍抱在懷裡的語涵看起來好像很高興？她將半張臉藏入手心，不曉得是不是為了公主抱的緣故而滿臉通紅，完全沒有傷患該有的模樣。

直到柯一龍將包有冰塊的毛巾壓在她腳踝上，她才稍微面露苦楚。

「很痛嗎？」他抱歉地問。

語涵勉強擠出一絲笑容，「碰到的時候才會。」

「平常我們都自己搞定，不過……」想到她是女孩子，還是別冒險比較好，「冰敷完我載妳去看醫生。」

「嗯。」

喔？她又甜甜地笑了。跟語涵室友當久了，洛英已經能夠分辨什麼是她應酬式的笑或打從心底的笑，最近，只要跟柯一龍在一起，那種打從心底的笑出現的次數變多了。

稍晚，柯一龍將語涵送回宿舍，洛英到外面接她進來。柯一龍離開前，說在她腳傷復原前，自願當司機接送她上下課。

語涵不認真地婉拒兩次，最後乾乾脆脆地點頭答應。回到房間，對於被紗布層層包裹的腳踝她覺得很新鮮，在房裡用單腳來回蹦跳。

「我第一次被包成這樣耶！好好玩喔！好像傷得很嚴重的樣子。呵呵！」

「這陣子，妳要是想吃什麼，跟我說，我買回來給妳。」洛英蹲下來，戳戳她腳上的白紗布，「現在還痛不痛啊？」

「不會啊！柯一龍丟的球……不會痛。」

她跳著走到衣櫃掛外套，刻意降低的音量，洛英還是聽見了。

「語涵，妳喜歡柯一龍啊？」

直腸子的洛英不想遮掩，直接詢問姊妹淘。背對她的語涵稍稍暫停一下動作，然後仔細地將外套掛好，關上衣櫥，回身，背靠衣櫥門，莫可奈何地彎起一抹笑，「妳發現啦？傷腦筋，世界上所有人中唯獨不想讓妳知道呢！」

「這又是為什麼？」

一般來說，不都是不想給暗戀對象發現才對嗎？

這次語涵改為一跛一跛來到洛英床前，在她身邊坐下，安靜片刻，才將頭枕在洛英肩膀，幽幽呢喃，「因為我知道他喜歡的人是妳啊！讓情敵發現我的心情，多難堪哪！雖然妳什麼壞念頭也不會動，可是我擔心妳會一頭熱地想把我和柯一龍送作堆，如果妳做出那種事，那我真的會生氣。」

「怎麼樣也不讓柯一龍知道？」

「嗯！現階段我想維持現狀就好。哎唷！妳不要一副想幫我出頭的樣子嘛！我跟妳說，暗戀一個人、喜歡一個人的感覺可是很棒的喔！也許這段感情還不知道能不能開花結果，不過，當妳的心裡有了喜歡的人，那種感覺可以使心靈豐富，而且每天都在成長，我可是很享受呢！」

在戀愛這塊領域，語涵看得透徹，也因此神情平和。

「可是，抱著喜歡的心情只當朋友，可以持續多久呢？不能一輩子的吧？」

「妳是說『友達以上，戀人未滿』那樣？嗯，那樣的關係雖然無風無雨，風平浪靜，但也沒有讓人心醉的幸福呢！我們都想過得更幸福，所以才會想改變，不是嗎？」

「我不要那樣的幸福。我想要的是，即使知道他有了喜歡的女孩子，也不會受到一點傷害，就算不當朋友也沒關係。」

溪頭外拍當天，禹承起得早，準備出門時，室友李孟奕被他吵醒了，睡眼惺忪地看他到處尋找著什麼。

「你在找什麼？」

聽到說話聲，禹承回頭，十分抱歉，「吵醒你了？」

「沒有，我只是醒了在賴床。」

「我在找皮夾，奇怪，昨天晚上明明放在書桌上。」

見他東找西找的，李孟奕乾脆跳下床跟著一起加入搜尋行列，無意中，發現禹承枕頭下有東西露出一角來，他走上前，「是不是在那裡？」

才將那個物品抽出來，禹承立刻一個箭步想出手搶奪，「那個不是啦！」

「那麼緊張幹麼？A書喔？」俐落閃過禹承的手，李孟奕這才看清楚那本書原來是《Pretty Girl》雜誌，封面正好是洛英身穿湖水綠洋裝坐在鞦韆上，以一臉朦朧美的神情眺望遠方。李孟奕怪叫起來，「哎唷！這不是洛英那本雜誌嗎？」

「對、對啦！」他萬分尷尬。

李孟奕眼尖地看到雜誌封底還有未撕的售價貼紙，奇怪地追問：「你跟洛英要就好了，幹麼還花錢？錢多喔？你多買，她也不會賺到版稅啊！」

「我才不要跟她要，像話嗎？」

「哪來這麼無聊的自尊心？」他打了一個大呵欠，坐到書桌前打開電腦，「你們交情那麼好，只要你開口，還不怕洛英送你一打？」

禹承盯著雜誌上那個已經漂亮得讓他都認不出來的洛英，陷入短暫沉思，「交情好嗎？以前，什麼都不用想，洛英自然而然就在我身邊。現在，好像非得要跟別的男人爭個頭破血流，才能把她搶過來。」

等待電腦跑出畫面的空檔，李孟奕詫異質問：「搶什麼？你不是終於下定決心放棄她，要跟別人在一起了？」

「我？」

「就是你那個初戀情人哪！叫林……林……」

「林以軒，她喔……」禹承猶豫片刻，想到李孟奕平常跟林以軒不會有交集，這才不再隱瞞，「那假的啦！我只是在必要的時候假裝是她的追求者。」

「啥？你搞什麼鬼？」

「你又不是不知道，我對女生的要求一向都沒辦法拒絕啊！而且林以軒又是初戀情人，更不可能說『不』。」

「所以，你們兩個人到底在搞什麼鬼？」

「這個嘛……她有喜歡的人，可是那個人只想跟她當朋友，林以軒認為他沒有說實話，所以想藉由我這個追求者的假像，刺激那個人坦白。」

說到這裡，禹承自己都覺得亂七八糟，開始悔不當初，「我當初是不是不應該答應才對啊？」

「廢話，你是腦筋打死結嗎？你在洛英面前跟林以軒搞曖昧，洛英會怎麼想？以她的個性，肯定不會跟有女朋友的人走太近，你喔……你這樣叫自掘死路！我看你這次跟她，真的完了！」

李孟奕注意到電腦連上線上遊戲後，一面打怪，一面潑他冷水。

「可是洛英她……好像有喜歡的人了，也是初戀情人的樣子。這樣也好，跟她保持距離，才不會……」

「不會怎樣？」

「才不會想把她搶過來想得快瘋了……」

李孟奕微微詫異，就在他分心的當下，電腦螢幕裡，他的角色被一隻異常高大的怪K死。以往遇到這情形總讓他懊惱不已，因為掉的經驗值總要花更多時間才能補回來，裝備的耐久值就不用說了，扣減掉的根本連補都補不回來。

可是見室友難得老實得這麼可愛，李孟奕也不覺得掉經驗值或裝備耐久值有什麼可惜的了。他托起下巴，看著禹承，不禁發笑，「『友達以上，戀人未滿』雖然經常是戀愛的起點，不過，也有可能是終點喔！」

溪頭的天氣不錯，地面因為清晨露水而有些濕滑，在陽光下閃閃發亮。

林以軒說這樣的天然亮度可遇不可求，已經迫不及待想拍下好多好照片！

她個性獨立，不喜歡帶太多人害行動綁手綁腳，所以只申請一位化妝師隨行，其他都自己來。

洛英穿上廠商提供的polo衫和運動短褲、運動鞋，紮了馬尾，清新亮麗的形象叫登山的路人們不約而同多看她幾眼。

「這裡人比較多，我們換個地方好了。」

林以軒注意到四周關注的目光，對洛英建議。他們準備移動地點，禹承還上來幫忙拿腳架。

「我來就可以了。」

不是在喜歡的人面前，林以軒便和禹承保持適當的距離，但禹承還是堅持紳士風度，將她手上的腳架接來。

走在他們後頭的洛英看呀看呀，暗自深呼吸，每當她要自己堅強，就會深深呼吸。

「洛英，現在大叔不在，妳能不能告訴我為什麼不再接拍照的工作了？」

林以軒回頭，關心詢問。洛英開口前，下意識瞥瞥同樣回望的禹承，很快又避開，「雖然不討厭，可是也不是真心喜歡做的事。我還是不習慣穿上不常穿的漂亮衣服擺出平常根本不會擺的姿勢。」

她的說法逗得林以軒咯咯笑出來，直說她懂，接著又意有所指地瞄向柯一龍，「我還以為妳是擔心太受歡迎，有人會吃醋，所以才放棄呢！」

洛英原本聽不懂，但柯一龍比她靈敏，一下子就會意過來，順勢搭話，「我倒希望洛英可以多拍幾期雜誌，因為平常根本看不到她穿洋裝，裝夢幻的樣子。」

「喂！」

洛英想給他一柺子，腳下苔蘚使得她一滑，直接讓柯一龍接個正著。

「好危險，主角摔傷可就不好了。」

「謝謝。」她暗自懊惱這時候不小心演起偶像劇幹麼。

柯一龍接著朝她伸出手，「我牽妳走吧！這邊的路都是泥巴。」

她愣住，後頭的禹承也是。拜託，孫洛英又不是三歲小孩，一下子扶一下子牽的。禹承才在心裡不高興地絮叨，洛英就因為顧及不給柯一龍難堪，笨拙地伸出手，「謝謝你啊！不過到上面那個台階就可以了，那邊的路很乾。」

見她賣力強調放手的時間點，他不由得笑出來，輕聲說：「是我要謝妳才對吧？趕鴨子上架的人是我。」

自己的想法被視破，洛英更不好意思，而且和禹承以外的男生牽手，十分不自在，非常不自在！變得敏感的指尖該怎麼安穩地停留在陌生的掌心中，她毫無頭緒，只想早點把手抽回來。

「會緊張啊？」他明知故問。

洛英火了，終於不再矜持下去，「廢話！我好手好腳，為什麼要把我當成連路都走不好的小孩子？」

他幾分滄桑的目光若有所思地在她臉上駐留一會兒才移開，小心地往上走，「我也知道妳會沒事，但就是會不由自主地擔心，妳教我該怎麼辦好了。」

「……」

完蛋，她的武裝一下子潰不成軍。然而在禹承看來，因為害羞而安靜的洛英是前所未有的美麗，他嫉妒他們明明沒有打情罵俏的意思，卻相當有打情罵俏的效果。

這時，旁邊亮起一道刺眼閃光，大家都往林以軒看去，她卻笑嘻嘻放下相機，「呵呵！拍到好照片了。」

「哇！那個不可以外流啦！」

洛英正想出手搶，林以軒頑皮退後，對準她，開始連按快門，「繼續跑，洛英。」

林以軒的拍攝方式和大叔相似，很隨性，模特兒不經心的舉手投足都能入鏡。

禹承和柯一龍有時會幫忙打光，有時只是在旁邊觀看。

「好像沒怎麼跟你說過話。」納涼時，柯一龍似乎為了打發無聊時間而開口。

禹承看他一眼，隨口應應，「嗯！大概就是高中在飲料店那次講最多話吧！」

「那時候還想不通你和洛英怎麼會那麼好。」他頓頓，挑釁似地揚起嘴角，「不過現在風水輪流轉了。」

「啊？哪有轉？我和洛英多年來穩紮穩打的交情可不是讓你一年的大學時間就可以轉過來的！」

一個不小心，他就開始意氣用事，柯一龍倒還沉穩得很，轉而望向正依照林以軒指示做出各種動作的洛英，「我可不打算只跟她當好朋友就好。」

簡單一句話便徹底潑了禹承一大桶冷水。既然洛英的初戀情人也喜歡他，那麼，他們在一起應該也是遲早的事。

有一天，洛英會是別人的，這種事他從來沒想過，也不願意去想。為什麼人一長大，就免不了會跟某些人、某些事道別呢？

想要維持現狀的念頭，只是他在時間巨輪底下的苟延殘喘。

「洛英她……雖然老說不在乎有沒有被當成女生，不過她生日的時候如果送她項鍊、手環，她應該會很高興。她不太會用刀叉，吃牛排的時候幫她要副筷子吧！還有，她心情不好的時候特別想要打球，如果她哪天突然說要去打擊練習場之類的，就多注意她是不是有心事……」

柯一龍莫名其妙，「你為什麼突然好像在交代遺言一樣？」

「不是遺言啦……」

拍攝工作進行得比預期順利，但一會兒要洛英跑、跳，還得爬樹，半天下來也把她累壞了。柯一龍自告奮勇去找販賣機買飲料，洛英坐在大石頭上休息，林以軒將相機交給她，說：「妳先看看今天拍的成果，有哪裡不滿意的，不用客氣，直接跟我說。」

她接過相機，目送林以軒和禹承相約一起離開。蓊鬱的樹林被清香的芬多精圍繞，偶有細細的光線從葉縫間透下，那兩人並肩穿過明亮光線的背影宛如一幅畫，或說他們正走入畫裡。洛英不由得出神，直到原本舒暢的心情開始鬱悶，才倉促收回視線。

她開啟相機電源，叫出相片檔，但閱覽的轉盤轉到反方向，意外叫出這台相機記憶卡裡所存的第一張相片。

洛英怔一下，定睛看仔細，認出這張照片是在台北攝影棚拍的，就是她第一次上工那天。那一天遇見了林以軒這個老同學，然後在即將道別時，記得她曾經順手用自己的相機拍下禹承的側寫。

可是怎麼……這張照片並不是定焦在禹承身上，而是正在跟他講話的大叔呢？林以軒使用特別的光圈，讓背景裡的人和景都模糊，只有大叔最清晰，簡直就像她是多麼專注地凝視大叔一樣。

這是怎麼回事？林以軒不是正在和禹承交往嗎？

洛英忐忑不安，拿著相機起身，納悶柯一龍怎麼還沒回來。她沿著小徑走，走不到一百公尺便聽到熟悉的說話聲，不遠的空地上有一座木頭搭蓋的簡易涼亭，禹承和林以軒正在裡頭。

「用這種方式去確認一個人的心意，我知道很傻，很可能到頭來還是徒勞無功，可是我喜歡大叔，想要得到回應，一直單方面地付出太痛苦了……」

林以軒激動的音量把原本要迴避的洛英給拉回來，她目睹傷心地掉著眼淚的林以軒撲進禹承懷裡，而禹承並沒有立刻回抱她，相反的，他眉頭深鎖，彷彿為了這件事感到失落惆悵。

洛英覺得不應該再聽下去，悄悄退開到他們的視線範圍之外，回到剛剛坐的大石頭那邊，心有餘悸地坐下來。

她剛剛……是不是撞見不得了的事啊？總不會被她猜中，林以軒暗地裡劈腿大叔，然後被禹承發現？天啊……禹承被背叛了嗎……

之前跟學姊分手時那麼難過，這一次被劈腿，不就更慘嗎？

當柯一龍帶著好幾罐飲料回來，禹承和擦乾眼淚的林以軒也正好到了。

收拾好工具，他們準備前往停車場，由於車子停的位置稍嫌遠，大家又都累了，柯一龍提議男生先把器材搬到車上，再開車子來，女生原地等候就好。

當他們走遠，林以軒和洛英閒聊，「很累吧？外拍要一直移動，其實很耗體力，不過真謝謝妳讓我拍到不少好照片。」

她的態度一如往常，甚麼事也沒發生過一樣，洛英不自然地揚揚嘴角，可是在一分鐘的掙扎過後，還是忍不住了。

「以軒。」

「嗯？」

「那個……我跟禹承從小一起長大，對他很了解，他那個人是富家子弟，所以有時候很任性，又霸道，超級自我中心，以為地球都繞著他打轉，還有點討厭的大男人主義，也不是有點，嚴格說起來，還滿嚴重的。」

洛英這傢伙……幹麼趁他不在的時候拚命講他壞話啊？

發現車鑰匙在林以軒的背包中而折返的禹承，一來就發現洛英神情認真地告誡林以軒，聽得他一肚子火。

林以軒雖然不曉得洛英葫蘆裡賣什麼藥，還是笑得開心，「我有時候也那麼覺得，可是妳真的好清楚。」

「禹承有不少缺點，可是他是一個很好的人。對女孩子特別好，很心軟，會在小事情上面體貼別人，也很會照顧病人，這是真的，他嘴上說還不確定將來要不要當醫生，可是他自己不知道，其實他已經很有醫生的樣子了。還有，他心地非常善良，遇到流浪狗都會買東西餵牠們，也會跟路上的阿婆買玉蘭花……」

洛英唯恐林以軒不了解禹承的好，掏心掏肺地傾囊相授。將自己藏在樹叢後的禹承迎著午後開始飄起毛毛雨的天空，因為難為情而走不出去，陷入進退兩難的困窘。

稍早前，他也如此熱心地向柯一龍談起洛英，他們之間這麼無聊的默契真叫人哭笑不得啊！

林以軒聽呀聽的，不知所以然，出聲打斷她，「洛英，妳到底想說什麼？」

洛英歇一歇，望著眼前這位漂亮的女孩，她在禹承身邊的位置是洛英所夢寐以求的，所以每次見到她，總是懷抱著欣羨又悲傷的情懷。

似乎悲傷的成分多了些。

「我在說，妳跟禹承在一起很好，以後一定會比現在更喜歡他。」

小小雨點紛落在臉上，禹承沒動手擦拭，因為洛英帶給他的感動，像雨，溫柔地下個不停。

初夏六月，洛欽確定推甄考上新竹的大學，家中大肆慶祝，更讓媽媽高興的是，以後姊弟倆可以合租公寓，又省錢又放心。

洛英和洛欽可就跟媽媽兩樣情，整天愁雲慘霧，動不動就互相鬥嘴吵架。

「沒有人這麼大還跟自己的姊姊住在一起啦！很丟臉耶！」洛欽又委屈又理直氣壯。

「你丟臉，我就不丟臉？」洛英不甘示弱，拿起抱枕朝他扔去，「說到底，你是因為想帶女朋友回來怕會不方便吧？」

「放屁啦！我哪有女朋友！是妳不能帶男朋友回來才扼腕吧！」他頓頓，壞心眼地冷笑，「如果妳交得到男朋友的話。」

眼看他們吵得不可開交，孫爸爸想到一招可以轉移他們注意力。他說兩姊弟都在新竹，有摩托車代步比較方便，於是在一次假日帶他們去選購一台全新的摩托車，準備運去新竹。

這招果然管用，新的摩托車太帥氣了，姊弟倆爭相要騎。

「猜拳。」

洛英舉起手，勢在必得地出拳！

布對剪刀，敗北。

「喔耶！」相較於大受打擊的洛英，洛欽可樂了，要她乖乖把車鑰匙交出來，然後靈機一動，「要不要騎去給禹承哥看？他有回來吧？」

「嗯……需要特地騎去給他看嗎？他又不是沒有摩托車。」

雜誌的工作她全推掉了，不會再有北上的機會。見不到面就不會難受，但，其實好像也不是這樣，有意無意在心裡唸起他名字的時候，並不好過啊……

「有什麼關係？說不定他也想騎騎看。」

洛欽邊說邊撥打手機，洛英只得安慰自己，起碼現在林以軒不在，不用看到他們連袂出現。她正開始找安全帽，洛欽冷不防將手機塞過來，「我要上廁所，給妳講。」

「啊……喂！」

才回頭，洛欽已經一溜煙閃進屋子。手機傳來禹承呼叫洛欽的聲音，不得已，她只好硬著頭皮將手機貼在耳畔，「喂……」

那一端先安靜片刻，隨後是禹承困惑地問：「怎麼是妳？」

哇塞！光聽一個「喂」就知道是她喔！洛英不曉得該竊喜還是緊張，講話音調反而變得怪里怪氣，「洛、洛欽先去上廁所啦！叫我先跟你講。」

「講什麼？」

有很多事都想講，比如，年底的時候她要和柯一龍、語涵一起去五月天的演唱會，地點就在小巨蛋，如果禹承可以一起來，不知道多好……

千言萬語最終還是少一分勇氣，只剩下可笑的言不及義。

「講……我們家買新的摩托車了，就是電視廣告的那一款，洛欽說現在想要騎去給你看看。」

她已經無意識原地踱步，活像個故障的機器人，走出來的洛欽站在後頭還忍不住噗嗤一笑。

「喔！好哇！我剛好在外面，不然我們約在那塊打球的空地見面好了。」

「嗯！好，等、等一下我們就騎空地去摩托車那裡。」

「……洛英，話講反了吧！」

「咦？」

「騎空地去摩托車那裡是什麼鬼呀？」

說完，他自己先笑了。洛英萬念俱灰地往下蹲，恨不得一頭往路面撞去。

「對了，有件事……我想跟妳說，是關於我和林以軒的事。」

「什麼事？」

總不會是報告他和林以軒交往的進度吧？要同居？要求婚？天啊！她不要聽！

「嗯……事情有點複雜，還是等到了空地再好好說好了。」

掛了電話後，禹承對著螢幕還在發亮的手機，困擾地搔頭，跟洛英老實說出他和林以軒的約定妥不妥當啊？她是直腸子，又是直線式思考，萬一聽完後衝動地想要去做些什麼，怎麼辦？

「可是我也不想讓她繼續誤會我和別人在交往啊！」他自問自答著。

上回在溪頭就向林以軒表明不想再幫忙的念頭，還鼓勵她乾脆看開一點，誰知道把林以軒弄哭了，害他好為難。

禹承在路上邊走邊思索兩全齊美的策略，不久，在對面路口發現洛英姊弟的蹤影。

新得發亮的重型機車上，洛欽載著洛英正在停紅燈，秒數長，兩人有說有笑。

「欸！既然等一下要去空地，禹承哥也在，那就順便打個球吧！」洛欽一時興起。

起初，洛英還有點不情願，「打球？這種天氣會打到中暑吧！」

「我為了準備考試，都已經多久沒碰球了？讓我練一下啦！不然以後要怎麼把柯一龍三振？」

「嗯！我看真的很危險，人家柯一龍在學校練得可認真囉！」

那一天的天空連一絲雲絮也沒有，是海一般的深藍，路上排列的樓房、閃爍的交通號誌和錯縱的電線都被那抹藍相映得鮮明立體，行道樹上的蟬鳴有時齊聲作響，一陣夾帶熱意的風吹來，又忽然有默契地靜止，安靜得彷彿連時間都不再流動似的。

事故發生的瞬間，來得突然，洛欽和洛英根本沒注意到，甚至那附近也沒有人能夠預警，一部銀灰色的轎車從對向迅速左轉，可是它沒有駛進另一邊的車道，而是直接朝停紅燈的機車等候區衝撞而來！

洛英聽見了巨大的撞擊還有摩托車碎裂的聲音，那時人已經騰空飛起，飛行並沒有持續太久，她很快彈到後方車輛的引擎蓋上又滾落在地。

「撞到人了啦！」

「兩個都飛很遠耶！誰有手機？趕快叫救護車！」

「把那台車擋下來！不要讓它走！」

聽覺恢復得比手腳知覺快，趴在馬路上的洛英先聽到四周慌亂的聲響，等到睜開眼，這才開始感到身體的疼痛。胸腔痛，腹部痛，腳更是一使力就痛到不行，她咳一聲，咳出鹹澀液體，是血嗎？一直從咽喉和鼻子湧出來。

「洛英！洛英！妳聽得到嗎？」

幾乎睜不開的視線已經看不清楚身邊的人是誰，可是聲音是禹承的，又大聲又著急，而且不停問她聽不聽得見。

「嗯……」

她用盡力氣才擠出一絲喉音，然後牽一髮動全身地劇烈疼痛起來。禹承接著嚴厲命令，「要醒著喔！一直醒著喔！知道嗎？我先去看洛欽。」

他暖呼呼的手掌離開她的背，洛英微微張開眼睛和嘴巴，隱約看見手邊有摩托車四散的碎片，再遠一些是禹承模糊的背影，他傾著身體面對躺在地上的人影，同樣大聲呼喊洛欽名字，一邊喊，一邊做著止血動作。

洛英想呼吸，可是吸不到空氣，嘴裡都是血腥味，她覺得自己快暈過去了。

暈過去一下子也沒關係吧！有禹承在啊！他是醫學系的學生，肯定會好好照料洛欽，就像那個晚上他那麼能幹地照顧生病的她一樣。

洛欽血型跟她一樣是O型，沒有藥物過敏，這些禹承都一清二楚，所以，就讓她暈一下吧……

不多久，洛英果真失去意識，那之後發生什麼事完全不知道。

在醫院的加護病房躺了足足兩天，她才清醒過來。

洛英醒了，洛欽卻走了。

第八章　什麼樣的夢

洛英和洛欽這對姊弟相差不到兩歲，年紀太接近，從小吵架也吵得凶，洛英又有些男孩子氣，兩人打起架來簡直要把屋子掀開一樣，家裡無時無刻都鬧哄哄的，這也是為什麼原本號稱氣質美女的孫媽媽後來會進化成足以鎮壓姊弟倆的超級賽亞人。

洛英生理期初來的那一年，她主動要求要和洛欽分房睡，稍微有點女孩子樣了，兩人的戰火才漸漸有平息的趨勢。

洛英表面上和洛欽不和，在外人面前卻又很挺他，常為他出頭。洛欽也是，他比洛英細心，中規中矩，經常到學校幫洛英送她忘記帶的課本、水壺。

洛欽經常向她抱怨，「妳不覺得我比較像妳哥哥嗎？為什麼每次都是我在幫妳收拾爛攤子？」

這樣的洛欽走了。

洛英在被轉到普通病房那天才知道。

她緊閉著嘴，從錯愕到一種說不出的憤怒，過了好久好久，才倔強地擠出幾個字，「我要看他。」

「妳現在的狀況哪裡都沒辦法去，等妳身體好一點，要火化的那一天再……」

媽媽的聲音哽咽，說不下去了，只是心疼撫摸洛英的頭，再將她攬入懷裡。

洛英木然靠著媽媽，還在適應那個字眼，火化？

洛欽會不見嗎？

「幸好妳醒過來了，媽媽怕妳跟洛欽一樣也走了，那該怎麼辦？幸好妳醒了……」

媽媽大概哭了吧！話愈說愈泣不成聲，卻把她摟得更緊，這讓洛英憶起車禍那一刻身體的劇痛，還有透過模糊視線所見到的那個躺在地上的人影。

那個時候的洛欽，還活著嗎？

「對不起……」一陣悲傷襲來，「媽媽，對不起……」

如果她沒輸掉那場猜拳，洛欽或許就不會死了啊……

肇事那輛車的車主很年輕，三十初頭，跟朋友喝了幾罐啤酒還駕車，接著意外就發生了。洛英脾臟輕微破裂，左腿骨折，也有內出血和腦震盪，預估得住院將近一個月。

柯一龍在學校好幾天找不到洛英，打聽之下才曉得這件事故，立刻南下到醫院看她。那時候洛英傷勢已經穩定下來，只是一身紗布和未消的瘀青，模樣慘不忍睹。

老實說，柯一龍看到她的剎那，大吃一驚，好好一個女孩子怎麼會傷成這樣。稍後連忙巧妙隱藏起來，走近床前，將水果擱在桌上，無奈笑笑，「嗨！」

洛英也牽動嘴角，明白那抹笑的意思，「嗨！來參觀木乃伊嗎？」

「對啊！反正是免費的，幹麼不來？」他歪起頭，心疼地打量她良久，才輕聲說：「妳還好嗎？」

「嗯！很好，沒辦法下床跑來跑去比較痛苦，我覺得我可能會躺到得褥瘡。」

還能開玩笑，表示她精神不錯。柯一龍低下頭盯著她手臂埋的針，想說些安慰的話，到頭來還是詞窮，這種時候不論多麼溫柔的言語也撫平不了失去親人的傷痛。

「嘿！柯一龍。」

「嗯？」他倉促抬頭。

「你會來吧？我弟的告別式。」

她主動提起喪禮的事叫他措手不及。

「當然。」

「那，那個時候我們再見面吧！」洛英虛弱地彎起一縷微笑，含著抱歉和淘氣，「我應該就不會是木乃伊的樣子了。」

原來，她並不需要他的任何安慰。

他可以對她說窩心的言語，也可以無怨無悔陪伴在身邊，然而若是她真正需要的東西不在他身上，他便束手無策了。柯一龍苦笑一下，伸出手，不施加任何力道地撥開她劉海，「好，妳好好休養，早點康復，我們改天見。」

因為不被需要，他只能說些例行性的台詞，然後起身來到門口，佇足猶豫片刻，回頭輕輕對她說：「洛欽的事……我很抱歉。」

那一秒鐘，洛英本來笑咪咪的表情稍微僵硬，等到柯一龍從那扇門離開，她才落寞地收回目光，對著手背上的擦傷發呆。

抱歉？啊……是外國人的說法吧！對於有人過世，總是用抱歉的字眼來表達遺憾。可是，柯一龍沒有做錯任何事，不需要說抱歉啊……

要說，也是她說。她輸了猜拳，在車禍現場無法為躺在地上的洛欽做任何事，洛欽死了，她還活著。

「對不起，對不起……」

可是，就算說了千萬遍，洛欽聽得見嗎？

至於洛英最要好的朋友禹承，只在她住加護病房第一天過去看她，之後就沒再出現。醫生直誇他急救做得不錯，即使沒能救活洛欽，當下的處理也已經盡力而為。

什麼叫盡力而為？他眼睜睜看著洛欽在面前停止呼吸、心跳，根本什麼事也做不到。一想到這裡，禹承迅速抬頭看向灑滿金色陽光的窗外，蟬鳴依舊，又是一個好天氣。他深吸一口氣，試圖讓自己從可怕的回憶抽離出來。

一堆人問他去醫院看洛英了沒有，問他為什麼這麼冷漠。天知道他無時無刻都想去，只是他和洛欽情同兄弟，一旦見到洛英，禹承害怕先哭出來的人會是他。

一陣子過後，洛欽的喪禮在一個星期天早晨舉行。那天天氣有點陰，吹著舒爽的風，空氣中嗅得到偏高的濕度。禹承穿上生平第一次穿的深色西裝，和雙親一起去參加喪禮。來的人不少，其中最大的團隊便是班上同學和學校的棒球隊，個個哭紅了眼，啜泣聲此起彼落。

柯一龍也來了，他站在角落，直直注視牆上洛欽放大的相片。

孫家為洛欽挑選的遺照是一張他頭上斜戴著棒球帽，身穿髒兮兮球服的照片，手上緊握一顆棒球，笑得燦爛，打球的時候，他一向這麼幸福地笑著。

越過許多穿著深色衣服的人群，禹承遠遠望見前頭熟悉的人影，心頭一緊。

洛英向醫院告假出來，仍必須坐輪椅，看得見她搭在扶手上的手還纏裹紗布。

傷得那麼嚴重，即便醫生同意她暫時出院，肯定還是很痛的吧？

她背對人群，微微仰頭，以虔誠姿態面對弟弟的相片。

她看著洛欽，禹承則望著她。他們這三個人，從小一起長大，不過以後再也無法在一起了呢……

他闔上眼，感到一陣熱意，暖暖的，像他們三個一起大笑時的愉快氣氛。

洛英不能外出太久，沒等到全部送客完畢，孫媽媽就先推著她的輪椅準備上車。

禹承跟著爸媽一道離開，正巧遇上停在巷口的計程車和洛英。

他怔一怔，不遠處的洛英也露出詫異的神情，她的情況比在加護病房那時好多了，外傷幾乎復元得差不多，臉色略嫌蒼白，除此之外，都還不錯。

禹承駐留原地，千言萬語，也千頭萬緒。

洛英同樣看著他，含帶悲傷和倦意，卻沒有半點責怪，他始終沒去見她，她明白的。

他們誰也沒動地停留一會兒，洛英先移開視線，在媽媽的攙扶下坐上計程車。

車子彷彿被這襲偏暖的涼風送走，院子種的樹飄下幾片落葉，在他出神的視野打轉幾圈，然後宛如夏天即將離去的腳步，輕輕落下。

大二的新學期開始前，洛英已經順利出院，不過她還是晚了一個月才去上學，那時身體已經完全康復。

大二學生依規定不能再住學校宿舍，所以洛英和語涵兩人合租一層公寓。遷入新居，還忙著整理行李時，語涵曾經遺憾地對她說：「本來應該是妳和妳弟弟住在一起才對，我好像搶了他的位置。」

洛英暫停一下，才繼續將書本依序擺到書架上，「我弟一點都不想跟我住，他覺得跟姊姊住會變得不自由。」

「自由啊……」語涵也停下來，她沒有惡意，純粹因為大學多采多姿的生活而感嘆，「他要是可以體驗到大學的自由就好了。」

入住新公寓的當晚，語涵在睡夢中隱隱約約聽到哭泣聲，她坐起身安靜聆聽一會兒，確定自己沒聽錯，於是壯起膽子摸黑來到房門外，尋找那細弱的聲音。

「洛英？」是從洛英房裡傳出來的，她敲敲門，「洛英，妳在哭嗎？」

等一陣子都沒回應，她只好試著轉動門把，沒上鎖，語涵開門進去後，見到洛英果真抱著棉被在哭，仔細一看，原來她還熟睡。是作惡夢了嗎？

「洛英，醒醒，洛英。」

好不容易將她搖醒後，她一臉茫然。

「妳作惡夢了嗎？哭得好厲害。」

「什麼？」

洛英碰碰臉頰，真的有濕潤的痕跡。問她夢見什麼，卻說不出個所以然。

那之後，語涵發現洛英幾乎天天作惡夢，天天哭泣，總是要把她叫醒才能停止。

語涵認為這樣下去不是辦法，於是偷偷打電話給洛英媽媽，媽媽也很意外。她說洛英這種現象在醫院的時候就開始，原以為回到學校，有學校的事讓她轉移注意力，應該會有所改善才對，沒想到一點幫助也沒有。

語涵坐在板凳上，心不在焉地看球隊練球。平常總是活力十足的棒球隊經理變得無精打采，柯一龍下場休息時走過來，坐在她身邊。

「怎麼啦？有心事？」

心上人注意到自己，語涵自然心花怒放，回給他一個甜美燦爛的笑。但是一想到他對洛英的關注一定遠勝於對她的，不禁有些洩氣。

「我有點擔心洛英，之前跟你提過她會作惡夢的事吧？她最近好像想起夢的內容，然後為了不再作夢，故意撐著不睡覺。」

「不睡覺？」

「嗯！晚上一直看書或是看影片，反正就硬逼自己不睡覺，白天上課有時候會打瞌睡，不過只睡一下下又馬上驚醒，我還寧願她睡到不省人事呢！」說到這裡，她蹙起漂亮的眉心，「我覺得這樣很不好，不睡覺會把身體搞壞吧？她黑眼圈好嚴重呢！」

「是啊！再這樣下去不行。」柯一龍沉吟半晌，接著抬頭瞅住語涵，心存感激地，「洛英有妳這朋友真幸運，讓妳這麼為她擔心。」

「沒有啦……」被誇獎了，她不好意思地垂下雙眼，「洛英平常也幫我很多忙啊！討厭的蒼蠅都是她扮黑臉幫我趕走的呢！」

語畢，語涵驀然警覺到，她到底說了什麼？怎麼可以在喜歡的人面前炫耀自己多受歡迎呢？糟糕，失策了啦……

不料，柯一龍聽完，輕鬆笑說：「不嫌棄的話，我也可以幫忙趕蒼蠅啊！」

她望著他，沒有搭腔，只是嫻靜笑著。

如果你是我男朋友，趕蒼蠅一定最有用的啊……

她什麼也沒說，不願意打破現狀的此時此刻，什麼也不能說。

下了課，洛英隨著散去的學生人潮離開教室，走了幾步，便發現柯一龍在走廊上滑手機的身影。

她走上前，等了一會兒才出聲，「你在幹麼？」

八成被忽來的聲音嚇到，他驚魂未定看著眼前狐疑的洛英，「不要突然出聲啊……」

「你才不要那麼專心滑手機呢！」

還是平常的洛英，除了夜晚入睡之後，其餘時間她跟從前一樣活潑開朗。

「你來這裡幹麼？教室又不在這裡。」

「當然是找妳啊！中午了，去吃飯吧？」

「好哇！跟誰？」

她蹦蹦跳跳跟在他後頭，柯一龍卻忽然停下腳步，「就我們兩個。我沒有其他意圖，只是認為今天只有兩個人吃飯比較好。」

洛英的直覺告訴她，柯一龍為了特別的事找她，只是她擔心那件事會不會害兩個人都尷尬萬分。

總不會挑在今天要……要告白之類的吧？又不是情人節，當然告白沒有什麼良辰吉日啦！只是，不論什麼時候，她都無法做好準備的吧！

「洛英，洛英。」柯一龍叫喚腦袋正打結的她，「妳沒切到肉啊！」

「咦？」她的刀淨在盤子上空切，而將沙朗牛排晾在一旁。

柯一龍帶她來的簡餐廳離學校有段路，可正因為位處住宅區內，相當幽靜。初秋的正午不算太熱，又有大樓陰影作遮蔭，他們選擇坐在室外用餐區，那區只有他們這桌客人，偶爾涼風徐徐吹來，攀爬在餐廳圍欄上的藤蔓便會悠悠搖曳。

「需不需要我幫妳要雙筷子？」

他的問題讓洛英停下手，怔忡起來。柯一龍笑著坦白，「有人告訴我的，說妳不擅長用刀叉。」

她立刻曉得那個人是誰，因而沉默下來。

「聽說發生事故後，禹承從沒找過妳，真的嗎？」

洛英聽出他聲音中隱藏的責備，幾經思索，才緩緩說道，「他不來，我大概猜得到為什麼。雖然如此，可是如果真要我說出一個具體理由，我也講不出來。禹承跟洛欽很親，我想他一定也很難過，難過到不知道該怎麼面對我。如果今天立場對調，我應該也沒有勇氣去見禹承才對……」

「既然妳看得這麼開，那為什麼還會作惡夢？」

他的問題令她一臉困惑。

「洛英，妳都作什麼樣的夢呢？」

微風又來了，有時暖暖的，有時涼涼的，她望著他，任由髮絲輕輕拍打臉頰，在回答柯一龍之前，有好一段時間她是安靜的。

手機作響，禹承看來電顯示是不認識的號碼，第一個反應是想無視它，但，也不知怎的，最後還是接起電話。

「喂，我是柯一龍。」

聽到對方報上姓名，禹承呆了兩三秒，「你……怎麼會有我的電話？」

「我跟陳語涵要的。有事情要找你。」

「什麼事？」

才問出口，他立刻聯想到應該是跟洛英有關，心中不由自主地七上八下。

果不其然，柯一龍便將這一陣子洛英故意不睡覺以及作夢的事情告訴他。

「雖然洛英說她能了解你為什麼避不見面，可是我沒辦法。你們不是從小一起長大的好朋友嗎？在好朋友最需要陪伴的時候卻不見人影，我怎麼樣都無法理解！」

柯一龍的責備，禹承無話可說，他想起在長堤盡頭那個溫暖的擁抱，還有那個陰陰的天空下洛英一直凝視他的悲傷臉龐。

見到洛英，就會想起他們已經失去了洛欽。

「洛英她……雖然看起來很堅強，可是你有沒有想過，堅強，有時候也可能是因為害怕變得太脆弱。」

柯一龍在電話中說教完，擱下拿著手機的手，對天空吐出一口氣。坐在身邊的語涵好奇追問：「為什麼你會覺得非禹承不可呢？」

他笑笑，搖搖頭，「不是我覺得，而是對洛英而言，事實就是如此。」

她心疼他旁觀者清，也反思自己何嘗不是。

「話又說回來，洛英到底怎麼說起她的夢啊？是不是夢到很可怕的事？」

見到語涵頗入戲地作出害怕的表情，柯一龍捏捏她可愛的臉，「妳的臉才可怕呢！洛英呀……她說……」

「洛英，妳都作什麼樣的夢呢？」

微風又來了，有時暖暖的，有時涼涼的，她微張著嘴望他，任由髮絲輕輕拍打臉頰，在回答柯一龍之前，有好一段時間她是安靜的。

他碰碰她的手，溫柔勸進，「嘿！說來聽聽嘛！是關於車禍的惡夢嗎？」

「不是惡夢，不是那樣的。」她想笑一笑，眼淚卻驀然掉了下來，「我夢見的是，我和洛欽一起在院子露營睡覺，放學時走在堤防上散步回家，還有他像往常一樣幫我跑腿送雨傘，還怪我老是忘東忘西……我總是作著幸福的夢。」

醫生分析的結果，洛英對於洛欽的死耿耿於懷，認為那一切都是她造成的，對於她還活著的事也始終不能釋懷，而那些幸福的夢境總是加深愧疚感。洛英已經習慣硬撐熬夜，只在凌晨五六點的時候會不小心入睡，臉上的黑眼圈一天比一天嚴重。迷迷糊糊收拾好課本，出門前找不到語涵，這才想起棒球隊一早要團練，語涵大清早便趕去球場了。

真不敢相信那是從前最會賴床，美容覺至上的陳語涵，上次她歡歡喜喜地回來宣告，柯一龍碰到她的臉了，然後灑花轉圈圈起來。

洛英真心為她感到高興，只是獨處的時候，她不禁徬徨，大家都不停地向前進，而她呢？她好像困在泥沼裡動彈不得，也想要跟上大家的腳步，又捨不得放開身後的過去。

她兀自陷入失落的情緒中，關上公寓大樓鐵門，朝機車停放區走，突然意識到哪裡不對勁，緊急站住，回頭！

「早。」禹承靠著鐵門對她打招呼。

洛英差不多定格一分鐘之久才確認眼前的不是幻覺。

「你為什麼……」

「為什麼會出現在這裡對不對？」他來到她面前，伸出手，「等等再告訴妳，先把車鑰匙交出來。」

「咦？」

「快啦！」

「喔……」她連忙從背包找出車鑰匙，交給他，「你要幹麼？」

「我們回老家一趟吧！現在去坐車。」

他霸道地抓起她的手，往機車走，洛英則反抗地往後退，「回老家幹麼？我現在要上課耶！不可以這麼任性啦！」

「讓我任性一下有什麼關係？我特地搭早班車下來找妳耶！」

禹承的強勢叫她啞口無言，只能乖乖被拖著走。話又說回來，她也不是真心想將禹承推開，老實說，今天見到他，心裡是踏實的，就像他把她那飄忽不定的心給牢牢抓住了。

不過，另一方面，洛英也害怕和他在一起。禹承不會無緣無故出現在她面前，一旦他真的來了，那恐怕……就得面對他們先前始終在逃避的事。

他們並肩坐在南下的列車中，沒有交談，洛英靠窗，一直面向窗外風光，坐立難安著，然而隨著單調的時間流逝，睏意來了。

「想睡就睡吧！」禹承彷彿看穿她。

「不用。」她頑固拒絕。

「睡啊！我會叫醒妳。」他停頓一下，柔聲說：「我會一直在這裡。」

她妥協了，不再防備，打從見到禹承的那一刻起，心臟部位就一直暖暖的，即使不曉得他的目的，也不清楚他們要去哪裡，心啊……暖暖的。

在火車有節奏的運行聲中，洛英不知何時睡著了，等禹承叫醒她，火車已經駛入他們長大的城鎮。下車後，禹承招了計程車載他們，說要去可以打球的那塊空地。

「去那裡幹麼？」

「能幹麼？打球。」

洛英有點火，「你特地要我回來，就是為了打球？我今天蹺掉的那堂課老師很嚴耶！被二一怎麼辦？」

「大不了我幫妳補習嘛！讓妳考到滿分。」

「少臭屁！你又知道是哪一科了？」

而他只是賴皮地笑。下了車，進入眼簾的便是那塊原本要蓋大樓卻一直荒廢的空地，洛英只走了幾步便躊躇不前。

洛欽過世已經快四個月，她也逐漸習慣沒有他的屋子，現在的記憶一點一滴地覆蓋掉從前的回憶，然後重新建立洛欽所不在的生活。可是這個地方，在洛欽死後她未曾來過，所有的回憶都還在，滿滿的，躲也躲不掉的，淨是洛欽。

禹承察覺到她的異樣，催促道，「過來啊！」

分不清是畏懼還是激動，她慢吞吞進前，覺得無法呼吸。禹承從建材後面找出他們藏好的棒球器具，將一只手套扔給她。

洛英還在困惑，他卻先將棒球丟過來，害她有驚無險地接住。

「跟以前一樣，玩丟接球吧！」

「……」

所謂的丟接球，只是單純地互相傳球而已，以前洛欽在，偶爾還會加上打擊，現在只剩球入手套的孤單聲響而已。

但是這樣投啊投的，某些打結的思緒似乎跟著一起被拋開，混沌的腦袋清空了一些。

他們互傳幾球後，禹承終於開口，「洛英，靜靜聽我說。對於洛欽過世，我大概猜得到妳是怎麼想的，因為我也一樣，沒能救活他，大概會是放在我心上一輩子的遺憾。」

她接住球，放下手。禹承直挺挺看著她受傷的神情，深知他的話會是椎心刺骨，還是不得不說。

「可是，若是要我說實話，洛欽雖然不在，幸好妳還活著，有一度我還以為妳也會跟著走了，幸好妳還活著，我一直這麼想。」

他的話讓她不敢置信，顫抖著聲音問：「你是說……幸虧死的是洛欽嗎……」

「妳明知道那不是我的意思！發生那種事誰都不願意，但是如果能有人平安無事，對我們這些活著的人來說不知道是多大的安慰！我說的是妳！妳就是我們大家在這場事故中的安慰！」他大聲吼她，將不滿都發洩出來，「可是妳卻把自己當成是罪魁禍首，完全不為自己的生命感到慶幸，妳那顆腦袋被撞壞了嗎？」

「你要我怎麼高興得起來？洛欽本來好好地跟我在一起，一下子就不在了……」

「那妳自己去問孫洛欽好了！問他到底是怎麼想的！然後妳也好好問問妳自己，洛欽會是那種人嗎？」他丟下手套，開始一步步朝她走近，「在妳心裡，洛欽會因為這種事而恨妳？妳真的把他當成那種人嗎？」

「不要過來……你不要過來啦！」她朝他身上扔出自己的手套，抗拒他的探究。

「我跟妳一樣，不願意再提起洛欽的事，但是這樣下去是不行的，我們兩個人之中，一定要有人把這件事拿出來說清楚……」

話還沒說完，一顆球便擊中他胸口！禹承後退一步，忍著痛楚抬頭。洛英憤怒瞪視他，她氣他的不留情，也氣他的中肯，眼淚卻開始漣漣落下。

「我現在很好！就讓我這樣子就好！不要再說了！」

「我不說妳怎麼會知道？我啊……家裡就只有我一個小孩，認識妳之前總是自己一個人玩，妳不知道我有多羨慕妳和洛欽，雖然經常和你們玩在一起，可是每次到分別的時候，都是我一個人看著你們兩個人回家的。我想，對洛欽來說，他一定也會慶幸能夠跟妳成為姊弟，不管他在不在，至少他的確幸福地和妳生活過……」

下一秒，他再度往後踉蹌，因為洛英緊緊抱著他，將頭埋在他肩窩裡放聲大哭。

她阻止他再說下去，使眼淚決堤的，不是失去一切的痛苦，而是那擁有過的幸福。

她哭得像孩子一樣，把他的心也哭得碎成片片。臭洛英，把他勒得這麼緊，想哭的心情是會傳染的啊……

他們安靜了好一會兒，禹承才輕輕攬住她的背，然後輕輕說：「洛英，我想了很多，在洛欽出事前，本來醫科這條路還走得不情不願，可是洛欽就躺在我面前，我卻無能為力，很不甘心。現在我很確定，以後『醫生』就是我要走的路，沒有錯了，我要成為很厲害的醫生，到時候可以做的事情一定更多，雖然那沒辦法把洛欽的遺憾一筆勾銷，可是我可以把將來的遺憾減少，對不對？」

「嗯……」她藏在他肩上的哽咽還有濃濃鼻音。

禹承溫柔撫摸她的頭，繼續說下去，「妳也一樣，洛英，一定也有妳能為洛欽做的事，起碼，快快樂樂地活下去，讓妳爸媽別再擔心妳，總是一個起頭吧！」

她啜泣著，緩緩離開他，還是淚眼婆娑。禹承看了捨不得，後悔剛才太殘忍。他伸手，幫她把淚水抹掉，一面細細端詳，許久，才將壓抑好久的心情坦白，「好想妳。」

簡單一句話，也是她一直埋藏的肺腑之言，縱然說出口，還不能道盡綿延的思念。

洛英握住他貼在臉頰上的手，偏著頭，笑中帶淚，「謝謝你。」

「呵！謝我把妳罵一頓嗎？」

「嗯！」她用力點頭，止不住這陣淚如雨下，「謝謝你……在我身邊……」

他另一隻空著的手扶捧她的臉，無法言語。這個世界上，沒有人能像他這麼懂她，也沒有誰跟他一樣如此需要她，可是為什麼一句「我愛你」……似乎總是少了一分勇氣？

「洛英，我們……」禹承悲傷地喚著她，將無法說出口的三個字藏在中斷的嘆息裡。

她闔上眼，因為他的止步不前而難過，因為他們是朋友……而心痛得難過。

後來，每一個晚上洛英都睡得安穩，即使夢見了洛欽，也不再驚醒哭泣。黑眼圈一點一點褪去，精神也愈來愈好，她不再令人擔心。

有一天，洛英收到一個包裹，是林以軒寄來的，裡頭是一本服飾型錄，正是她之前為一個運動品牌所拍攝的型錄。

裡頭的洛英叫人驚豔，成熟而有活力，叫人眼睛為之一亮！語涵看了也讚賞得不得了，倒是洛英暗自佩服林以軒的拍攝功力，她雖然師出黃佐川大叔，在台北攝影棚時，免不了會模仿大叔的手法，可是在溪頭的外拍，林以軒已經很有自己的想法了，她會運用她自己的方式引導洛英做出她想要的動作和表情，相片的呈現方式也頗具個人風格。

當天下午，洛英便接到林以軒的電話。

「洛英，收到型錄了嗎？我昨天用限掛寄出去的。」

「收到了，收到了！好棒的照片，謝謝妳！」

「呵呵呵！是我要謝謝妳才對，讓我完成這麼棒的作品，我自己好滿意！」她在電話中的聲音開始斷斷續續，還摻了大量雜音，「抱歉，我現在經過隧道，收訊不太好。」

「妳在外面啊？」

「我又要搬家了，我爸的工作經常調職的關係，這次要搬去宜蘭，所以不會再接《Pretty Girl》的工作。」

「咦？那禹承怎麼辦？」

「禹承？」

「他也同意嗎？無所謂嗎？」

林以軒花了一點時間才明白洛英在說什麼事，先是笑幾聲，然後解釋道，「禹承還沒跟妳說嗎？我因為……已經快訂婚了……妳有……」

雜訊干擾，不一會兒便整個斷線。洛英擱下手機，久久不能回神，訂婚？林以軒和禹承嗎？

太、太扯了吧……他們才交往沒多久，又是大學生而已，更何況從來沒聽說呀！

再回撥過去，依舊是收訊不良的狀態。想改撥禹承的電話號碼，但一觸見通訊錄上他的名字，不由得猶豫，然後放棄。

真奇怪，她不是太驚訝，也許是因為這麼多年來她總是選擇站在一旁，看著禹承陷入一場又一場的戀愛中，而她從未進入他眼底。

當天晚上，語涵邀請柯一龍到住處吃火鍋，謝謝他幫忙到特力屋搬置物櫃回來，還組裝到好。

秋天的晚上涼意頗深，熱呼呼的火鍋正好對味。

他們吃飽後，一起收拾，柯一龍再度展現好男人風度，說他負責洗碗就好。

語涵幫忙拿碗筷給他，談起矛盾的心情，「男生體貼是不錯，不過換個角度想，好像相對搶走女生表現的機會了呀！」

「我們都這麼熟了，不用表現啊！」他熟練地掄起袖子準備工作。

「這跟熟不熟又沒關係。」她小聲嬌嗔。

洛英擦桌子擦到一半，不禁停下抹布，好奇地窺探那兩個人。

語涵有時候跟柯一龍很像，總會有意無意將暗示掛在嘴邊，不知道箇中老手的柯一龍聽不聽得出當中不言而喻的情感。

就算他聽得懂，也會四兩撥千斤吧？

感情，為什麼不能直來直往？

因為害怕受到傷害吧！害怕自己受傷，也害怕別人受傷，所以我們迂迂迴迴走了好多路，可是最終，還能在某個地方相遇嗎？

洛英送柯一龍到門口，等他轉身離去後，她忽然下定某種決心，追上去叫住他。

「聽說，我前陣子還是熊貓眼的時候，是你打電話給禹承的……」

然後呢？再來該怎麼說？她絞盡腦汁也不能解釋當時禹承為她所做的事，罵她？抱她？拯救她？最後索性簡明扼要，「總而言之，謝謝你。」

柯一龍耐心等她作總結，才淡然一笑，「不要謝我，真正幫上忙的人不是我，我可是很不甘心呢！」

說完，他道句晚安離開。洛英目送他的身影，直到關閉的電梯門掩上，還停駐不走。又來了呢……那種關於「喜歡」的暗示，就算聽了一千遍一萬遍，她也無能為力啊！沒有明說的言語就像風一樣，感覺得到，可是回應不了。

兩個女生洗完澡，坐在電視機前尋找好看的節目。客廳沒有椅子或沙發，而是鋪著有可愛動物圖案的塑膠地墊，中央擺設的和式桌就是她們平常的餐桌。有兩個很大的懶骨頭，她們就靠著它看電視。

「欸？等一下等一下。」

洛英示意她停止轉台，語涵於是倒轉回去前一台的節目，「這個？」

「嗯！」洛英緊盯住電影台正要放映的電影片名，喃喃自語，「這部片我有去電影院看過耶……」

「真的嗎？」語涵放下遙控器，決定看它了，「好看嗎？」

「不知道，我當時睡死了。不過，聽說是好結局。」

「太好了，我不喜歡悲劇的電影，尤其是愛情片。」

這部愛情片的故事大綱是，有兩個感情不錯的男女是公司同事，彼此都有各自的伴侶，後來又各自分手。藉由互相的安慰扶持，那兩人逐漸發現自己早已愛上對方，可是當他們開始交往後，遇到不少問題與衝突，最後分手收場。他們又回到原來的朋友關係，一邊喝著咖啡，一邊回首來時路，感慨也許這一刻才是他們最好的平衡點，一起離開咖啡店後，一個向左，一個向右，各自走上相反的路離去。The End。

字幕從螢幕底下浮上來了，語涵委屈地嘟噥，「這根本不是好結局啊……」

洛英也目瞪口呆，禹承明明跟她說是好結局收場的嘛！糊弄她喔？

「好看是好看啦！但是妳不覺得有太多愛情故事都是這樣嗎？」語涵探身去拿遙控

器，繼續轉台找下一個節目，「兩情相悅的人總是錯過。」

「嗯！然後就分道揚鑣。」

「不過呢，即使擦身而過，只要其中一個人願意回過頭，再看對方一眼，趁還能見到對方背影的時候追上去，好好坦誠自己的真心真意，一切都不會太晚。」

洛英卻提出不同的假設，「坦誠後，萬一得不到自己期待中的回應呢？」

「那也不要緊呀！最重要的不是結果，是過程中的坦誠以對，至少付出過努力了。」

帶有遺憾的結局還令她十分介意，她用遙控器敲起桌面，「妳看剛剛那兩個豬頭，明明都還喜歡對方，可是卻沒有人真的去做什麼，氣不氣人？我最討厭這種四不像的結局了，不喜不悲，耍觀眾呀？」

幸虧下一個綜藝節目很快就把語涵逗得呵呵笑個不停，洛英起身說要去拿飲料，便走進沒開燈的廚房，打開冰箱門，在一層層架子上搜尋的片刻，一不小心發呆起來。

她不是真的想喝飲料，就如同她並非真心想要永遠和禹承維持朋友關係，所以尋尋覓覓，依然得不到自己想要的，於是將就著現狀，將就著寂寞。

前不久還認為大學生訂婚未免過早，洛英就在今天收到一位高中同學的喜帖。

那是從高一就一直和她同班的女孩子，聽說跟男朋友奉子成婚，準備帶球嫁了。

禹承同樣也接到喜帖，大喜之日那天，他和洛英在結婚會場碰面。

到了大學年紀，洛英的成長速度幾乎接近停滯，但男生不同，上次在洛欽喪禮上看到他，第一次見他穿西裝，事隔數月，禹承的西裝造型挺拔不少，也成熟不少。

為此，洛英看呆了。

「哇塞，這根本是高中同學會嘛！」他走到她跟前時還在環顧四周，接著注意到她出神的表情，「幹麼一直看我？」

「咦？沒、沒有啦！」

雖說如此，可是她的視線自然而然就會往他身上飄，筆挺的肩線好好看喔！上次她就是趴在上頭哭得一塌糊塗吧！

一想到自己將禹承抱得那麼緊的畫面，洛英的臉迅速漲紅，把身邊的禹承嚇一跳，「妳喝酒了嗎？臉為什麼會紅成這樣？」

「沒喝沒喝，你……離我遠一點，我就會恢復正常。」

洛英不停地閃躲，這時新郎新娘進場了，暫時轉移掉他的注意力，跟著大家一起鼓掌恭喜。

她暗暗鬆口氣，默默站在他身邊，四周賓客免不了推擠，她和禹承有好幾次身體的碰觸，每一次都讓她深刻感受到那個擁抱的衝擊，體溫、呼吸、肌肉的活動，彷彿還烙在身上一樣。

為什麼僅僅是和他站在一起，喜歡他的心情依然能扶搖直上？

該怎麼才能停止下來？

沉浸在新人們幸福熱鬧的氣氛中，隨著一次又一次的鼓掌，洛英不自覺濕了眼眶。

喜宴的時間一延宕，拖到將近下午三點才結束。他們從會場步行離開，早上還是晴朗的天空變得風雨欲來。

「快下雨了耶！」禹承仰頭打量黑壓壓的烏雲，大叫不妙，不過念頭一轉，又笑嘻嘻提議，「大不了淋雨回家，像以前那樣，妳記不記得有一次我們從學校淋雨衝回家？」

那個「以前」，已經回不去了呀……不管再怎麼努力，她也沒辦法將他當成普通朋友。不管再怎麼努力，他們都不是十七歲的胡禹承和孫洛英了。

察覺到她的安靜，禹承收起嘻皮笑臉，問：「妳為什麼一直不講話？」

「嗯？」她只看他一眼，盡量不再和他照面，「吃、吃太久了，有點累。」

他頗有同感地頷頷首，「對呀！搞不懂為什麼台灣人喝喜酒就是不能準時開始，拖到一點才上菜，把客人都餓扁是哪招？」

「就是啊！還會被問說現在有沒有男朋友、女朋友，什麼時候有喜事之類的……」

洛英單純附和著他，禹承卻開起玩笑，「妳也被問了喔？那我看下次我們來假裝一下好了，誰被問到，另一個人就過來配合演個戲。」

他的玩笑，帶著刺，刺得她傷痕累累。然而禹承完全不知情，自顧自伸起懶腰，意味深長地面對天空感嘆，「呼！跟一大堆人應酬真的很累，醫學系也念得很累，還是跟妳在一起最輕鬆。」

「……才不輕鬆呢！」

她站住腳。禹承奇怪地轉身，見到洛英不再前近，感到莫名其妙。

「跟你在一起……才不輕鬆呢！」她佇立在不是太遠的距離外，終於老實發洩出來，「妳、妳為什麼突然……」他被嚇到了，「我做錯什麼事嗎？」

「跟你在一起……痛苦死了，是地球上第一痛苦的事！」

藏在雲層裡的雷聲隱隱作響，從這一端滑到另一端，不再平靜。洛英握緊手，感到他們之間的界線正一寸寸斷裂，那千辛萬苦所維持下來的界線……斷就斷了吧！

也許她下一秒就會後悔得要死，也許以後會害自己更加傷心難過……

「是我做錯了，對不起，我不能再跟禹承當朋友。」

「啊？」

「禹承將來會結婚的吧？結婚之後也許很快就會有小孩了。可是我沒辦法像今天一樣笑著恭喜你，一想到自己必須做那些事，就好痛苦……」

他一臉無辜，完全不明自自己做了什麼事使得她如此反常，洛英因而抱歉地對他笑一笑，「禹承沒有錯，是我沒辦法再這樣下去了。明明心裡有一百個不願意，還勉強自己強顏歡笑，那讓我覺得好虛偽、好累，我討厭那樣的自己，非常討厭不坦率的自己。雖然我們約定過要永遠當朋友，我也一直記在心裡，很努力地記著……」

「妳這是要跟我絕交的意思嗎？」

儘管禹承還一頭霧水，仍能準確地將洛英的言下之意說出來。她傷心地望著他，在回答前，眼淚終究先一步奪眶而出。

「我不能再遵守約定，對不起……」

「妳到底在搞什麼鬼？有什麼不滿就直接說出來，我們一向不都是這樣的嗎？」是情急或是憤怒使然，他大聲追問。大雨在這個時候落下，先是小雨，很快又轉大，路面一點一點地變濕，他們也是，沒有人移動半步，沒有誰能挽回情勢。

「就是不能說！你這個大笨蛋！我才不要說！」她同樣大聲回話，一面痛哭失聲。

禹承怔忡失了言語，雨滴不斷從頭髮淌下，幾度模糊他的視線。另一頭的洛英若隱若現，胸口開始有了撕裂的痛。

「我們真的……不能再當朋友？」最後，他只能問她這麼一句。

洛英哭著、傷心著，這些年他們如影隨形，情同兄妹的回憶多麼美好，她捨不得切割，捨不得終止……

「對不起。」她說。

禹承在措手不及的震驚中，目送洛英轉身離去。她擦抹臉上水滴的脆弱背影，很快就消失在滂沱大雨裡。

「要不要跑？」

「確定？」

「確定。」

兩人昔日在雨中奔跑追逐的笑聲，依稀在耳邊響起，他還記得那天偌大雨點打在身上的疼痛，還記得洛英宛如太陽一般燦爛的笑臉，他什麼都記得……

卻也什麼都失去了。

終章　不能接吻

「我不想跟妳玩，每次都玩辦家家酒，好無聊。」

「那不然玩車子？好不好？」

「好啊！那，妳想要跑車還是卡車？」

「嗯……卡車，我可以讓我的兔子坐上去嗎？」

「好啊！」

手拿幾台玩具車的小男孩和抱著一只布偶的小女孩原本一前一後地走，後來一塊兒並肩離開了。

大學校園裡不乏附近居民會進來運動、溜狗、溜小孩，尤其是傍晚，好不熱鬧。洛英站在原地看了好一會兒，方才那兩個孩子已經在草地上和樂融融地玩在一起。

「洛英，妳在看什麼？」走在前頭的語涵揚聲催促，「快點，演唱會要早一點去排隊進場喔！」

依照老早之前的計畫，十二月的時候五月天要在小巨蛋開演唱會，她、語涵和柯一龍要一起去看。夏天的時候還想著要不要邀禹承同行呢！至今仍然沒能開口邀約，以後……應該也沒機會了。

洛英匆匆跟上語涵，「對不起，來了。」

對不起。她在那個雨天一口氣對禹承說了好多遍「對不起」，要把一輩子的份說完似的。

說完了，也沒再聯絡。沒有見面，沒有通電話。分手的那個星期，大雨整整下了一週，整個台灣都像浸泡在雨水中一樣，起初，她的眼淚就跟天空一樣，關不緊水龍頭，一想到禹承便滴滴答答。現在，漸漸習慣沒有他消息的日子，那也好，聽不見他和以軒相愛的近況。

只是偶爾……還是會寂寞。

禹承就沒那麼平靜了，被洛英毫無預警地絕交，讓他煩躁好幾天，什麼都可以拿來出氣，後來情緒逐漸沉澱，反而陷入無以名狀的憂鬱。

差不多可以用「食不知味」、「行屍走肉」來形容他那陣子的狀況。

李孟奕瞄瞄坐在對面的禹承，下巴指指他的餐盤，「你不吃？」

「不好吃。」他懶懶地回答，然後把餐盤推向他，「給你。」

「亂講，這家蛋包飯明明是你介紹的。我只幫你吃掉你挑食的紅蘿蔔，其他請你自己解決掉。」

禹承若有所思看著他夾走三大片紅蘿蔔，喃喃說道，「洛英不喜歡吃玉蜀黍，就是那種小小的，三角錐的形狀，她說那個像營養不良的玉米，就會要我幫她吃掉，然後她負責解決我討厭的紅蘿蔔。」

「嗯！然後呢？」

「原本感情這麼好，為什麼會突然說絕交就絕交啊？」

中午的餐廳生意很好，人來人往，相對於那些熱絡交談著的客人，禹承這邊活脫倒是烏雲罩頂，陰暗得很。

「跟我在一起，就這麼難過嗎？」

他想起洛英在雨中傷心哭著說心總是痛著的，連他都於心不忍了。

「會不會有可能是……太想在一起，所以才痛苦？」

「啊？你這什麼邏輯？」

李孟奕放下筷子，鄭重其事地告訴他，「我覺得你很自私，總是以你的自以為是為出發點，雖然你說你很珍惜洛英，做了一些你認為對洛英好的事，可是你有沒有想過洛英真正想要的是什麼？」

「什麼意思啊？」

「也就是說，你想要一直跟洛英在一起，所以要永遠做朋友，可是這些，全都是你胡禹承個人自私的想法。洛英呢？你確定洛英想要的就是這些嗎？」

面對李孟奕一針見血的提問，禹承登時無話可說，甚至還有點無地自容。

「好好想想吧！」

見他終於稍微茅塞頓開，李孟奕滿意地笑一笑，趁機又抄走他一片紅蘿蔔。

一次假日，禹承回到老家，被媽媽交代出門買東西，路經洛英家門口，曾經刻意停留半晌。緊閉的孫家大門，洛英不知道有沒有回來。

他黯然啟步離開，本來買好東西就要直接回家，臨時改變主意又將過去他和洛英常去的地方都繞一遍。吃過冰的糖廠、打過球的空地、同班過的學校……最後來到那條長堤。

他在寒風中佇立，遙望堤防盡頭，在失去洛英的日子，和她有關的回憶卻佔據了整條街、整片視野。

洛英想要的是什麼，他從來想也沒想過。相反的，從以前到現在，洛英總是為他著想，幫他追女神，再不情願也穿上褲裙陪他約會預演，還無緣無故突然在溪頭對林以軒說了他許多好話……

但是他可曾為洛英做過什麼？考慮過什麼？

「不想跟我在一起，也是理所當然的。」為此，他苦澀地笑笑。

如今，放手，大概是他唯一能為洛英做的事吧！

對不起。

聽到簡訊鈴聲，洛英在上課中偷偷開啟手機，面對螢幕上那來自禹承的三個字先是發愣，這一愣幾乎回不了神。

這堂課是影片欣賞，老師發現底下亮起的光，開口要她關掉。

她匆匆收下手機，重新回到枯燥的影片上，坐在身邊的語涵注意到她騰出手背擦抹眼角，很是不解，「有這麼感動啊？我覺得很難看耶！」

她吸吸鼻子，硬是擠出一絲笑容，「是很難看。」

洛英不明白禹承的道歉的用意，然而能夠確定的是，經過分開這將近兩個月的日子，禹承也跟她一樣……放棄了。

寒假的腳步近了，不過，期末考的日子先來到，校園裡充滿濃厚的讀書風氣。

柯一龍約洛英和語涵一起到圖書館念書，兩個女生覺得新鮮，因為她們打從入學到現在，一步也沒踏入過圖書館這塊聖域。

見到她們興奮地東張西望，活像參加戶外教學的小學生，柯一龍覺得有趣，「太誇張了，妳們。到底是不是這所學校的學生啊？」

「以前住宿舍的時候，我們女生自己會在交誼廳開讀書會呀！現在住外面，就更沒有機會在學校裡頭念書了嘛！」

今天語涵撒嬌的功力減弱，格外慵懶，還打了一個大呵欠。她說昨天晚上為了趕出為棒球隊加油的海報，製作到兩點才睡覺。以致於坐下來念書不到四十分鐘，就被圖書館過於舒適的氣息給催眠。

「我瞇一下下喔！」

再也敵不過睡意，語涵趴在桌上打起盹兒，天使般的睡臉照樣萌煞了路過的男學生。

「對她真不好意思，她來當我們的經理，應該做得很累。」柯一龍望著她的睡臉，心疼地說。

「我本來也以為語涵應該做不久呢！可是她好厲害，一直很認真地做到現在，而且還滿高興的樣子。」

「老實說，她的加入對球隊幫助很大，以前隊員很容易流失，不過現在大家衝著吉祥物陳語涵，每天練球都相當賣力。」

「呵呵！吉祥物啊！」

在圖書館的關係，兩人都刻意壓低聲音交談，輕輕薄薄的語氣，猶如今天從窗口飄進的冬陽。

柯一龍在偶然抬頭的片刻，不自覺凝視對面專心讀書的洛英，她單手托腮，另一隻手偶爾持筆書寫，為了方便記憶，嘴唇會無聲唸出書上的專有名詞。微微垂下的睫毛沾上光線金粉，順著鼻子挺立的弧線而下，秀氣的嘴唇呢喃著什麼，調皮的髮絲忽然滑到臉龐，她專注的明眸還盯著書本，只是隨性地將髮絲撥開。當模特兒的她十分亮麗，然而，現在作為普通女大學生的洛英更加動人，他打從心底這麼想。

「聽說，妳和胡禹承絕交了？」

他的嗓音太過輕盈，起初洛英還因為聽不清楚而困惑地皺起眉頭。

「因為林以軒的關係？」

她愣愣一下，想了一想，才做出結論，「不是的，沒辦法做朋友……是因為我已經不知道該怎麼做朋友了。」

「不是做了十幾年的朋友嗎？」

「真正的朋友，應該要為對方的幸福感到高興，對不對？但是我……怎麼也做不到，不僅如此，還貪心地想要更多。」她嫻靜微笑，那微笑讓溫暖陽光催化得有如夢境般迷漾，「想要他身邊的位置，想要他只對我一個人好，想要每天都見到他，即使見不到，也想要聽聽他的聲音，還想要擁抱……」

那是她最自私、最隱藏的念頭。女孩子的蛻變真神奇，初識時那個男孩子氣的洛英……什麼時候也擁有了柔情似水的神情，是一個女孩子陷入戀愛中才有的美麗表情。

然而改變她的，卻是另一個男孩。

柯一龍學她撐著下巴，開起玩笑，「照這樣看來，跟妳絕交似乎也不錯。」

洛英一時語塞，琢磨著他這些年的話語，他的心思，然後想也沒想就問：「柯一龍，你喜歡我嗎？」

她的神來之筆害他當場傻住，雖然是在圖書館的低音量，對他而言卻像是五雷轟頂。就算個性大剌剌，也不用這麼直接吧？不料洛英不死心，雙肘抵住桌面，又問：「我不喜歡一直猜來猜去，所以請你直接告訴我，你喜歡我嗎？」

他不吭一聲端詳她好久好久，才低下頭，將書本翻到下一頁，「不告訴妳。」

「啊？」

「反正我不告訴妳，妳就猜一輩子吧！」

他繼續撐著下巴，把書往後翻幾頁，然後對她狡猾地笑笑。

柯一龍在和煦光線中的良善笑容，含著他們關係的一種延續和終結。

一輩子，這麼漫長的時間裡，總有什麼會開始，有什麼又悄悄結束。

她了然一笑，同樣低下頭重新回到課本上，「就猜一輩子吧！」

於是，他們安靜的對話輕輕消失在一排排舊書本特有的氣味中，然後成為圖書館的一部分，塵封起來。

離開圖書館後，洛英準備去上下一堂課，語涵要把海報拿到社辦放，柯一龍陪她一程，他捧著大海報的卷軸，語涵怕冷似地緊抱雙臂，用散步的速度踱著。

「剛剛睡得好嗎？」他問。

「嗯……醒醒睡睡的。」她沒有將話說滿。

「辛苦妳了，這麼任勞任怨，妳真是個好隊友。」

「隊友？」語涵為這個稱呼蹙起眉心。

「不然怎麼說？戰友？」

「人家才不要那麼暴力的名號呢！我又沒有下場比賽。」

「也對。」他呵呵笑幾聲，「那還是說『朋友』就好。」

「嗯……」她考慮半天，最後俏皮作答，「是什麼都好，說不定以後還會改變呢！」

他瞧瞧她不知是不是因為天氣冷而稍稍泛紅的雙頰，柔柔應和，「說的也是。」

期末考結束，迎來了大二寒假，各地學子紛紛回到老家。愈接近農曆年，南部城鎮就愈熱鬧，路上都遇得到生面孔的返鄉人。

洛英住的小鎮也是如此，這幾天熱熱鬧鬧的，原本空曠的街道停滿車輛。

「哎唷！平常去超市買個東西根本不怕找不到停車位，現在都繞兩圈了。」

坐在副駕駛坐的媽媽為了採買一堆年菜，弄得心浮氣躁，當司機的爸爸不敢出聲，深怕觸怒太座，淨是安分開車繞圈子。洛英坐在後頭，事不關己地面向窗外風景發呆。

車子正行經禹承家外頭，她發現後不自覺壓低身體，後來又想到隔熱紙貼得黑，外頭不可能看得進來，於是坐直身體，好奇地朝胡家樓房張望。

禹承回來了吧？在家嗎？現在在做什麼呢？

她不自覺忘記呼吸，放在車門扶手上的手指也牢牢緊抓。僅僅是開門下車就能見到的距離，為什麼如此遙遠？

無法傳遞的思念並不會因為見不到面而消滅，反倒與日俱增。

「禹承，洛英媽媽送了蛋捲過來，要不要下來吃？」

胡媽媽才剛在樓梯口喊完，就聽到禹承飛奔而下的聲響。他一下樓，便四下搜尋，「人呢？」

「誰啊？」

「就洛英……的媽媽。」

「喔！她東西放著就回去了，剛剛去過超市，順便帶了你愛吃的蛋捲，人家孫媽媽多疼你。」

禹承看著桌上擺放的蛋捲禮盒，幾分落寞。

「知道我愛吃這牌子的是那傢伙才對吧……」

他坐在客廳，悶悶對著電視隨便轉台，轉呀轉呀，在一個電影台停下。

「這部片子……以前看過耶！」

是那部他和洛英約會預演時看過的電影，由於想起當時看了兩次都沒能認真看到結局，這一次他決定好好看到完。

然後他的反應跟洛英一樣，一整個錯愕，「這是哪門子的結局啊……」

看完心情更糟了，禹承彎下身，用指尖無聊敲打蛋捲禮盒的鐵蓋，想著洛英，想著那個遺憾結局，想著想著，又回到原點。

今天的洛英好嗎？

除夕隨著一波寒流來到，鞭炮聲開啟新年的序幕，接著是大年初二回娘家的日子，到處都是認識和不認識的親戚。

林以軒同樣跟著家人來阿姨家拜年，她在這個不算大的小鎮巧遇洛英，隨即暫時向家人告退，過來找洛英說話。

她們在一間燒仙草店坐，兩人互相問候近況，林以軒將頭髮剪短，頗有女強人精明的感覺，而且還是相機不離身。

「我現在在一家小間的雜誌社打工，有時候會接一些外快，我爸說我之前玩攝影玩太凶，要我暫時以課業為主。」她無奈聳肩，然後興味地打量洛英，「好久不見，洛英變漂亮了呢！」

「哪有！我還是跟以前一樣啦！」她將自己左看右瞧，用力否認。

「呵呵！感覺上還是有哪裡不太一樣，比較沉穩，比較有女人味，怎麼樣？有機會再當我的模特兒吧？」

「饒了我吧！我都快忘記之前做模特兒的事了，維持現狀就好。」

洛英說，想當漂亮的女人，一套美麗衣裳，一組齊全的化妝品就可以辦得到。可是想做自己，卻不是那麼容易的事。

見她真心想遠離那個閃光燈的世界，林以軒也不再勉強，她提起其他事情，「我想順便找禹承，他應該有回家吧？」

「嗯……有啊！」

為什麼問她？這種事不是應該身為女朋友的人最清楚嗎？

「上次搬家時我的心情還很亂，沒能好好向他道謝，所以這次回來非找到他不可。」

「道謝？」

洛英露出納悶的表情，林以軒也同樣愣住，稍後掩嘴笑出來，「妳不知道？真的？啊！對了，上次要跟妳說，結果電話講到一半斷訊對不對？」

「什麼事啊？」

「嗯……該從何說起呢？洛英，妳知道我喜歡過大叔的事嗎？」

「呃……」她不好意思招認早已知情。

「我還住台北的時候他是我家鄰居，對於剛搬過來的我很照顧，我就漸漸喜歡上他了。」面對洛英認真聆聽的模樣，林以軒笑一笑，攪拌起黑溜溜的仙草，「我會愛上攝影，多多少少跟他有關吧！故意進入他的公司當學徒，想找到好的時間點告白，不過他大概猜到我的心意了，有一天沒頭沒腦地跟我說，我們當朋友最好。我很好強，非常不甘心，不信他對我沒感覺，所以就找禹承幫我的忙。」

「什麼樣的忙？」

「請他有的時候跟我一起演演戲，我想讓大叔吃醋，也許他終究會承認他喜歡我。」

見到洛英吃驚得合不攏嘴，林以軒感到難為情，「很傻吧？不管是我，還是這場鬧劇，都傻得要命。」

「結果呢？大叔怎麼說？」

「他呀！他說知道有不錯的男生對我好，就放心了。唉！完完全全是對小妹妹的口吻。」林以軒投降嘆氣，不玩仙草了，轉而張望人來人往的馬路，「打電話給妳的時候，大叔他快要訂婚，現在應該和未婚妻過著幸福美滿的生活吧！」

原來中間還有這段故事……洛英訝異之餘依然不敢置信。林以軒偏起頭，微笑探問：「妳在想什麼？想我白忙一遭吧？」

「嗯？不是的，我沒有那麼想，我是想……禹承怎麼會答應幫這個忙。」挺荒唐的嘛！居然放棄追求初戀情人，反而幫忙湊和她和她喜歡的人，怎麼看都不像那個自我中心的少爺會做的事。

林以軒說，她本來也不抱希望，沒想到禹承還是答應了，她問他為什麼願意。

「禹承說，他想看見這個世界上有人真的能夠從朋友變成情人，然後一直一直在一起。那個機率也許渺小，不過，他真心希望那樣的可能性成真。」

洛英怔怔的，頓時湧上一股大徹大悟的悲哀和狂喜。

「可能在禹承心裡也有一個想要跟她成為情人的朋友吧！」

林以軒不及語涵敏銳，沒能猜到洛英和禹承的關係。坐在對面的洛英猛然站起身，差點撞翻剩下一半的燒仙草，「不好意思，以軒，我有事情得先走，下次再跟妳聊！」

「咦？」

「對不起，我真的非走不可！對不起啊！」

她被椅腳絆得踉蹌好幾步，接著往外拔足狂奔，留下狀況外的林以軒目送她迫不及待的身影。

原來禹承對於朋友關係的改變懷抱期待，她從來不知道，只知道那一份期待給了她勇氣，還能再努力一次的勇氣。胸口所燃起的炙熱感受讓她穿越熱鬧街道，一口氣跑到長堤那裡。

來到堤防，突然意識到自己正置身在遼闊的空間，她那滿得不知如何宣洩的激動情緒頓時得以釋放，頭腦漸漸冷靜下來。

洛英喘著氣，面向堤防看不見的盡頭，就像從前那個夜晚禹承也曾經帶著迷惘走過一樣，她忽然茫然了。

不對，衝這麼快是要幹麼？衝去哪裡？禹承那裡嗎？然後呢？

「然後我到底要做什麼？」洛英不小心連內心獨白也一起唸出來。

「不過呢，即使擦身而過，只要其中一個人願意回過頭，再看對方一眼，趁還能見到對方背影的時候追上去，好好坦誠自己的真心真意，一切都不會太晚。」

她在凜冽的風中想起語涵的話，用力握起拳頭，「對！追上去。就算連背影也看不見，那用跑百米的速度衝上去不就得了？」

才這麼說完，後頭響起了微小的腳步聲。

她並不奢望追上禹承後，就能順理成章佔有他身邊的位置。然而她很清楚，在那個圖書館，多年過去，有一份美麗的遺憾始終存在，是柯一龍的，也是她的。可是禹承不同，她不願在未來的日子裡，每當想起這個人，就會在心裡疑惑「如果當初我能怎麼樣的話」……

再見一面的想法，禹承也好幾度煎熬過，光是一句「對不起」，根本道不盡他們這十幾年的漫漫歷程，怎能算是個總結？

雖說如此，今天家裡客人像是約好了一起來的，客廳擠得跟菜市場沒兩樣，根本出不了門啊！

一堆一年才見一次面的親戚兀自聊得開心，其中有一個不知道是嬸婆還是姨婆特地拿出一片DVD說要放給大家看。那是去年大家過年聚在一起的影片，每年那位嬸婆還是姨婆總要這麼玩一回，而且永遠玩不膩。

有人開始一邊指點，一邊笑話當年，禹承興致缺缺站在沙發後方，觀看影片中年輕一歲的大夥兒們。

影片中，鏡頭不很專業地讓每個人都入鏡，聊天的聊天，嗑瓜子的嗑瓜子，還有在沙發上打盹兒的。禹承當然也被拍到了，螢幕中，他看上去心情不佳，臭著臉，幫自己倒杯黑咖啡便對著談話性節目打起呵欠。

這時，那位嬸婆還是姨婆笑盈盈拍拍他，「你看，那時候你不太高興的樣子喔！還記得嗎？」

他祭出乖巧的迷人笑臉將她打發掉，「嘿嘿！不太記得了。」

怎麼會不記得？去年的這時候他撞見柯一龍曖昧地撫摸洛英的臉，回來可是足足鬱悶一個星期，還猛灌一個星期的黑咖啡，最後鬧肚子痛。

咦……等等！

「等一下，剛剛的地方再轉回去！」

他毫無預警地大喊，嚇醒一旁每年都在打盹兒的大伯。

影片倒轉，回到鏡頭拍攝禹承的時候。他定睛注視去年的自己，身上穿著靛色毛衣，袖子半捲，當時不知道是誰將電視轉到談話性節目，也沒人在看。

禹承再也不管影片和一大票親戚了，他繞過人群，跑出家門。

他跑得快極了，恨不得可以瞬間移動到洛英那裡去。

「他啊……不喜歡手臂上有東西蓋住，不管熱不熱，老愛把袖子捲起來。每次看到電視上的談話性節目，不到五分鐘就會打呵欠。還有啊，他高興的時候會喝汽水，鬱卒的時候會喝黑咖啡，雖然那兩樣都不是他最愛喝的……」

這份不可遏抑的衝動，不為別的，全為了洛英所說到那番關於初戀情人的描述。

多久了？洛英用他沒能察覺的心情那樣看待他，多久了？隨便啦！不管多久，他的心情好矛盾！一方面興奮得可以衝上九霄雲外，另一方面又尷尬到想鑽進地心去。

可是洛英既不在九霄雲外，也不在地心，他急切的腳步是朝她而去，不作多想，便來到堤防。

有個身穿水藍色長外套的女孩佇立在堤防邊緣，背對他，不用看臉也曉得那是朝思暮想的洛英。

他匆促調整好紊亂氣息，慢吞吞走過去，聽見她自言自語，「對！追上去。就算連背影也看不見，那用跑百米的速度衝上去不就得了？」

到底在講啥？禹承狐疑停下腳步，洛英似乎聽見聲響而回頭。

她在風中回頭的姿態，像極了好久以前他從攝影棚外的走廊遠遠望見的洛英，一個簡單回眸便將他整個靈魂給牢牢牽引。

洛英雖然不是他的初戀情人，不過禹承此時此刻能夠肯定的是，以後再沒有其他女孩會像洛英一樣，長長久久地住在他心上。就當他真的會活到一百零一歲好了，他希望到那個時候，只要看看自己身邊，就能見到洛英在那裡。

不若禹承的滿腔激動，洛英倒是嚇壞了，搞什麼啊？說曹操，曹操也不必到得這麼快吧！沒有心理準備啦！

那兩人陷在尷尬的沉默中半晌，禹承清清喉嚨，先開口，「那個，雖然我們在絕交，不過可以跟妳談談嗎？」

「呃……可、可以。」

洛英真是後悔萬分，後悔當初沒弄清楚林以軒的事，衝動之餘就宣布要和他絕交，現在想起來禹承真無辜，她好抱歉。

禹承走向前來，他們互看一眼，無話可講。後來洛英指指地上，建議道，「坐著說吧！」

坐著比較輕鬆，也不用一直面對面，她就不會緊張到心臟病發了。

洛英和禹承坐在堤防邊緣，面向草原那一邊。天氣寒冷，幸好今天的風不大，太陽掛在無雲的天空中灑下溫暖金光，這樣的光線會讓她聯想起圖書館中那向陽的氛圍，亂糟糟的情緒總算平緩下來。

禹承瞧瞧她，「新年快樂。」

「嗯？喔！新年快樂。」她聽見自己僵硬的聲音這麼制式回答。

「好久沒見，妳好嗎？」

「好啊！」

「我收到蛋捲了，是妳選的吧？」

「對。」

「……」

「……」

「……」

又是接不了話的沉默。再這樣下去，他們今天的對話可能會繞著「吃飽沒，吃飯還是吃麵」這種低層次的話題一直打轉，不行，洛英按捺不住了！

「禹承，我先跟你說，之前說要跟你絕交，是我太衝動了，我老是這樣，想也沒想就先行動，你一定很莫名其妙，我現在也覺得你好可憐，其實你沒什麼不好。」

他聽完，思索一會兒，向她作確認，「妳的意思是，我們不用絕交了？」

「這個嘛，差不多是這個意思。」

反正，先恢復朋友關係，才可以順利溝通嘛！之後再來對「坦誠」從長計議。

洛英還在打如意算盤，禹承卻用一句雲淡風輕的話將她打槍，「可是洛英，我想……我們，別做朋友了。」

面對擺在膝上的雙手，她睜大眼，愣住！

「雖然和妳做朋友很好，也想過要一直這麼下去，不過……」

接下去的話就快要碰觸到他的真情告白，禹承稍微停頓，不自在地搔起頭。

洛英掉頭注視他，感到有點受傷，「你老實說，你在生氣對不對？因為絕交的事在生氣？」

「沒有啊！」

「那為什麼說不做朋友了？你分明在生氣。」

「沒有啦！我只是覺得繼續做朋友的話，有很多事都……都不方便。」

她愈聽愈一頭霧水，「什麼不方便？」

「比如，」禹承故意不看她，轉而面向另一邊原野，好生為難，「有一些事不能說，有一些事不能做……之類的。」

「什麼啦？你那些『之類的』有說等於沒說，完全不懂。」

「所以我才說不做朋友，那些妳不懂的事就好辦啦！」

他跟著不耐煩，想不通為什麼他們的對話又開始鬼打牆起來。洛英的脾氣應該也快爆發了，她嘟起嘴瞪他，在他眼底，還是覺得可愛。

笨笨的，很可愛啊！

洛英深吸一口氣，試圖保持平心靜氣，「好吧！那你說，不做朋友，然後呢？繼續絕交嗎？」

「當然不是，一直絕交我也會很傷腦筋。」

「胡禹承，我想揍人了。既然這麼傷腦筋，重新做朋友不就得了？」

「就說不要了。」

「為什麼不要？你如果……」

她抗議到一半，已經被禹承蠻橫拉過去。

他捧著她的臉，輕輕吻她。不同於上次那個隔著掌心的吻，這個在寒冬裡真實的吻有些冰涼，有些措手不及。

洛英圓睜明眸，直到禹承微微退開，都還傻呼呼的。他的額頭抵著她的額頭，溫柔教導，「做朋友的話，就不能接吻了。」

她用極度緩慢的速度回神，望著他，依舊說不出話。一輛列車從遠方駛來，筆直滑過地平線，又變小遠去，她這才茫茫然出聲，「呃……這、這樣啊……」

禹承當場大受打擊，「拜託！這什麼反應啊？」

「我、我第一次遇到，不知道該說什麼。」

「話先說在前頭，我不是為了接吻才說不做朋友。」見她懵懵懂懂，他相當認分地詳細說明，「因為妳很遲鈍，所以我要聲明清楚，這全都是因為喜歡妳，而且不是普通朋友的喜歡，是喜歡上一個女孩子的喜歡，這樣懂嗎？」

唯恐粗神經的洛英一直誤會下去，禹承一口氣用了好多個「喜歡」釐清他們之間的關係。

洛英的臉紅撲撲的，眼眶卻逐漸濕潤，明明心情是高興的，為什麼會想落淚呢？

「我想和妳在一起，原本認為做朋友是最能夠將妳留在身邊的方式，可是既然喜歡上妳了，就必須換個方式才行。」

「換個方式？」

「嗯！」他先指住自己，又指住洛英，「男朋友，女朋友。」

「男朋友」和「女朋友」這兩個名詞就像回音似地在她腦海裡來回盤旋，對她而言，那是一個新世界，是語涵所說過，會有心醉的幸福的新世界。

禹承笑一笑，繼續說下去，「以前是我想錯了，如果真的喜歡一個人，應該要抱著這輩子永遠不會分手的決心，而不是悲觀地預設一定會分開的立場，對吧？」

你說什麼都對啦！為什麼會突然變得這麼感性又性感哪？那一連串擋也擋不住的「喜歡」讓洛英害羞到無法正視他的臉，低垂著頭，好想把他推下去，她快受不了了……

「那，妳的回答呢？」

他冷不防拋來一個問題，洛英莫名其妙看他，「什麼回答？」

「本大爺向妳告白了，妳的回答呢？」

她惶恐地退後，一時之間不曉得該害臊還是生氣，「你……你不是知道嗎？」

「不知道啊！又沒聽妳說。」

大騙子！真不知道的話還敢亂親她？找死啊？胡禹承絕對是故意的！

洛英說的對，禹承是故意的沒錯，他忍住不懷好意的笑，一邊裝無辜，一邊緊迫盯人。

「就是……那個……也可以說……跟你一樣。」

她吞吞吐吐，自以為已經講完，誰知禹承還端出一副等待下文的模樣瞅著她。

「意思是，我……也……喜……喜……」

「喜？」

「去你的！你很壞耶！不要逼我啦！」

她到極限了，用力推他一把！禹承差點從堤防滾下去，他驚魂未定地拍拍胸脯，「好險……妳也不用殺人滅口吧！」

「對不起啦！可是不習慣說的話，就是說不出來嘛！」

洛英快哭出來的樣子，叫他於心不忍，禹承嘆口氣，算了，來日方長，反正可以留著以後慢慢整她。他站起身，順便朝她伸出手，「回去吧！坐久了會冷。」

她帶著猶豫伸出手，握住他的，哇，熱呼呼的！禹承是不怕冷的體質，真好。

洛英站好後，習慣性想抽回手，不料禹承加分力氣握緊她，她看他，他也看著她，開始捨不得分開。

「我家一堆客人，剛剛是溜出來的，所以現在不回去不行。」

「喔！好。」

「但是明天……約會吧？」

她紅著臉，覺得雙腿在微微發抖，放在他掌心裡的手指也是，可是，依然捨不得離開。

「好。」

見她同意，禹承笑得跟孩子一樣，「去哪裡？去妳想去的地方，電影要看會一直爆炸的動作片對吧？」

「你呢？你想去哪？」

「我？」被問起自己的喜好，他有點反應不過來，「我啊……」

「不用都去我喜歡的地方啊！你喜歡的地方，我去了也會高興的。」

從前，他只懂得努力迎合女神，如今洛英的說法為他帶來美好的驚喜。

「那就……在市區有個３Ｃ展，早上先去那裡逛，下午去看電影，中午吃什麼好呢？

不用刀叉的店……」

「我可以用刀叉啦！我有在練，練得還不錯喔！」

他拿著欽佩的目光打量，單手摸摸她的頭，「了不起，了不起。」

禹承貼在頭髮上的手掌很溫暖，他牽握的手也很溫暖，洛英感受得到自己在他心中的存在……那個地方也暖洋洋的，如同終年有陽光照耀。

她原地停住，用力反拉住他的手。禹承奇怪回身，迎向她直挺挺的視線，有男孩子的霸氣和女孩子的美麗。

「高三那一年我就應該跟你說，可是說不出口。絕交那一天，也應該要告訴你，最後還是沒能好好表達出來。」

禹承倒抽一口氣，不自覺心跳加速。不會吧！突然想通要告白了嗎？

「以前，禹承心裡還有其他喜歡的人的時候，我討厭強迫自己做那些朋友應該要做的事。現在不做朋友了，卻又覺得捨不得，好像一個長年以來的好友要從我的生命中離開，那樣我也不要。」

「不然妳想怎麼樣？」

「對我來說，比起朋友或情人，禹承更像我的家人，對我和洛欽而言，你是無可取代的家人。不管相隔多遠，不管在哪裡受了什麼傷，每個人最終總是有一個最想回到的地方，我想成為禹承那樣的一個地方。」

如同那個在堤防盡頭的擁抱，如同綿長思念的終點，在他腦海裡，洛英總是那樣地被想起。

分開的可能性，似乎再也不足畏懼了。

他款款凝望，想對她微笑，卻感到胸口發酸，此刻她帶給他的感動已經遠遠超過一句「喜歡」的告白。

「傻瓜，妳已經是了啊！」

聽他那麼真誠回應，洛英甜甜一笑，淘氣地朝他招手，「那你彎下來一點，我再跟你說一件事。」

「還有啊？」

方才那些話就夠催淚的了，接下來不就更猛？

禹承乖乖低下身，洛英輕輕捏住他耳朵的觸感好癢，他禁不住笑，「這裡又沒人，不用講悄悄話……」

捏住耳朵的手忽然改為貼住他臉頰，才想掉頭，洛英早已湊過來溫柔親吻著他。

今天開始，他們不做朋友了。

可是，所有的故事不都是從朋友開始的？當她牽著他的手，相視而笑，偶爾會懷念起小時候那個什麼都不用多想的單純時光，縱然還是免不了一絲絲寂寞，那些快樂純真的片段，洛欽也在的片段，就在他們並肩而行的長堤上，一步一步成為身後幸福的風景。

【全文完】

國家圖書館出版品預行編目資料

我們，別做朋友了／晴菜 著. -- 初版. -- 臺北市：商周出版：家庭傳媒城邦分公司發行, 民103.10
面：　公分. --（網路小說；237）
ISBN 978-986-272-667-9（平裝）
857.7　　103018778

我們，別做朋友了

作　　者／晴菜
企畫選書人／陳思帆
責任編輯／陳思帆

版　　權／翁靜如
行銷業務／李衍逸、黃崇華
總 編 輯／楊如玉
總 經 理／彭之琬
發 行 人／何飛鵬
法律顧問／台英國際商務法律事務所　羅明通律師
出　　版／商周出版
城邦文化事業股份有限公司
台北市民生東路二段 141 號 9 樓
電話：(02) 25007008　傳真：(02) 25007759
Blog：http://bwp25007008.pixnet.net/blog
E-mail：bwp.service@cite.com.tw
發　　行／英屬蓋曼群島商家庭傳媒股份有限公司城邦分公司
台北市民生東路二段 141 號 2 樓
書虫客服服務專線：(02) 25007718、(02) 25007719
服務時間：週一至週五上午09:30-12:00；下午13:30-17:00
24 小時傳真專線：(02) 25001990、(02) 25001991
劃撥帳號：19863813；戶名：書虫股份有限公司
讀者服務信箱：service@readingclub.com.tw
城邦讀書花園：www.cite.com.tw
香港發行所／城邦（香港）出版集團有限公司
香港灣仔駱克道193號東超商業中心1樓
E-mail：hkcite@biznetvigator.com
電話：(852)25086231　傳真：(852) 25789337
馬新發行所／城邦（馬新）出版集團【Cité (M) Sdn. Bhd.】
41, Jalan Radin Anum, Bandar Baru Sri Petaling,
57000 Kuala Lumpur, Malaysia.
Tel: (603) 90578822　Fax:(603) 90576622
email:cite@cite.com.my

封面設計／黃聖文
版型設計／小題大作
排　　版／新鑫電腦排版工作室
印　　刷／高典印刷有限公司
總 經 銷／高見文化行銷股份有限公司
電話：(02) 26689005　傳真：(02) 26689790
客服專線：0800-055-365

■ 2014 年（民103）10月2日初版
■ 2017 年（民106）12月22日初版8刷
Printed in Taiwan
城邦讀書花園 www.cite.com.tw

定價200元

ISBN　978-986-272-667-9

廣　　告　　回　　函
北區郵政管理登記證
台北廣字第000791號
郵資已付，免貼郵票

104台北市民生東路二段141號2樓

英屬蓋曼群島商家庭傳媒股份有限公司　城邦分公司

請沿虛線對摺，謝謝！

書號：BX4237	**書名：**我們，別做朋友了	**編碼：**

請於此處用膠水黏貼

讀者回函卡

感謝您購買我們出版的書籍！請費心填寫此回函卡，我們將不定期寄上城邦集團最新的出版訊息。

不定期好禮相贈！
立即加入：商周出版
Facebook 粉絲團

姓名：＿＿＿＿＿＿＿＿＿＿＿＿ 性別：☐男 ☐女

生日：西元＿＿＿＿年＿＿＿＿月＿＿＿＿日

地址：＿＿＿＿＿＿＿＿＿＿＿＿

聯絡電話：＿＿＿＿＿＿＿＿ 傳真：＿＿＿＿＿＿＿＿

E-mail ：

學歷：☐ 1. 小學 ☐ 2. 國中 ☐ 3. 高中 ☐ 4. 大學 ☐ 5. 研究所以上

職業：☐ 1. 學生 ☐ 2. 軍公教 ☐ 3. 服務 ☐ 4. 金融 ☐ 5. 製造 ☐ 6. 資訊
☐ 7. 傳播 ☐ 8. 自由業 ☐ 9. 農漁牧 ☐ 10. 家管 ☐ 11. 退休
☐ 12. 其他＿＿＿＿＿＿＿＿

您從何種方式得知本書消息？

☐ 1. 書店 ☐ 2. 網路 ☐ 3. 報紙 ☐ 4. 雜誌 ☐ 5. 廣播 ☐ 6. 電視
☐ 7. 親友推薦 ☐ 8. 其他＿＿＿＿＿＿＿＿

您通常以何種方式購書？

☐ 1. 書店 ☐ 2. 網路 ☐ 3. 傳真訂購 ☐ 4. 郵局劃撥 ☐ 5. 其他＿＿＿＿

您喜歡閱讀那些類別的書籍？

☐ 1. 財經商業 ☐ 2. 自然科學 ☐ 3. 歷史 ☐ 4. 法律 ☐ 5. 文學
☐ 6. 休閒旅遊 ☐ 7. 小說 ☐ 8. 人物傳記 ☐ 9. 生活、勵志 ☐ 10. 其他

對我們的建議：＿＿＿＿＿＿＿＿＿＿＿＿

＿＿＿＿＿＿＿＿＿＿＿＿

＿＿＿＿＿＿＿＿＿＿＿＿

【為提供訂購、行銷、客戶管理或其他合於營業登記項目或章程所定業務之目的，城邦出版人集團（即英屬蓋曼群島商家庭傳媒（股）公司城邦分公司、城邦文化事業（股）公司），於本集團之營運期間及地區內，將以電郵、傳真、電話、簡訊、郵寄或其他公告方式利用您提供之資料（資料類別：C001、C002、C003、C011 等）。利用對象除本集團外，亦可能包括相關服務的協力機構。如您有依個資法第三條或其他需服務之處，得致電本公司客服中心電話 02-25007718 請求協助。相關資料如為非必要項目，不提供亦不影響您的權益。】

1.C001 辨識個人者：如消費者之姓名、地址、電話、電子郵件等資訊。
2.C002 辨識財務者：如信用卡或轉帳帳戶資訊。
3.C003 政府資料中之辨識者：如身分證字號或護照號碼（外國人）。
4.C011 個人描述：如性別、國籍、出生年月日。

請於此處用膠水黏貼